Franziska König

Empörende
Geschichten

Journal

Realdoku aus dem wahren Leben

Für meine Lieben in Aurich!

© Dezember 2021 von Franziska König
Cover: Wimmelbild von Yara König, 8 Jahre alt
Covergestaltung: Franziska König & Agentur Baumfalk Aurich
Herstellung und Verlag: BoD – Books on Demand, Norderstedt
ISBN: 9783755761167

Franziska (Kika) mit ihrer Violine – fotografiert von ihrer lieben Freundin Ute Bott aus Rottweil.

„Wenn ich dereinst verstorben bin, so schweigt auch meine Violine!" sagt sie.

Drum bringt Franziska alle vier Wochen ein schlankes bis vollschlankes Taschenbuch heraus.

Erzählt werden Geschichten aus dem wahren Leben, die von erhöhtem Interesse sein dürften.

Jeden vierten Dienstag um 18.05 wird das fertige Manuskript in die Umlaufbahn entsandt.

Die meisten Vorkömmlinge
finden sich im Personenverzeichnis
am Ende des Buches

Hier die Familie vorweg:

Buz (Wolfram), unser Papa (*1938) Professor für
Violine an der Musikhochschule in Trossingen
Rehlein (Erika), unsere Mutter (*1939)
Ming (Iwan), mein Bruder (*1964)

Ein Buch ohne Vorwort.
Sie können gleich anfangen zu lesen…

Januar 2003

Mittwoch, 1. Januar
Shanghai

Eine bleiche und kränkliche Wetterlage hatte sich
über dem frisch ausgebrüteten Jahr erhoben.
Zuweilen erahnte man die etwas anämisch wirkende
Sonne hinter dem ausgefransten und schmuddeligen
Wolkenteppich, der allein von dieser Ahnung
schwach erhellt wurde.
Ungemütlich kalt

Kraftloser Neujahrssonnenschein ergoss sich in
das karge, nach kaltem Rauch müffelnde Hotel-
zimmer.

Meine Zimmergenossin Gina lag wie eine Früh-
lingsrolle in die Bettgarnitur hineingemurmelt, und
Rehlein und Opa in mir kamen zu Wort, indem ich
rücksichtsvoll und leise auftrat.

Nach einer Weile stahl ich mich aus dem Zimmer,
um oben im 13. Stock zu frühstücken. Dort wartet
eine Weggabelung auf den Hotelgast, wo es sich zu
entscheiden gilt, welcher Weg wohl einzuschlagen
sei? Chinesisches oder internationales Frühstück?

Leider mundet das Frühstück im chinesischen
Trakt ebensowenig wie im internationalen, aber das
Frühstücksfräulein dort ist gottlob sehr höflich.
Etwas, das in Shanghai keinesfalls selbstverständlich
ist, und so besuchen wir meist den chinesischen
Trakt, zumal man von dort aus auch einen besseren
Blick auf's Stadtgeschehen hat.

Ich begrüßte den bezaubernden Buz, der bereits am Tisch Platz genommen hatte. Es gab heiße Bohnenmilch, und der Kaffee schmeckte so ekelhaft stark und bitter, daß es einem Mühe und Pein bereitete, beim Trinken das Gesicht nicht solchermaßen zu verziehen, daß man einen unvorteilhaften, das Auge beleidigenden Anblick bot. .

Durch den verglasten runden Raum grellte die Morgensonne herein, und nach einer Weile gesellte sich der junge Bratscher Wembo mit seinen Eltern zu uns.

Buz geriet augenblicklich in Plauderschwung und erzählte vom Urlaub in Venedig.

Ein Barockensemble in schönster Kostümierung, hatte so viel Werbung für sein wirklich packendes und lebendiges Konzert gemacht, doch die Kultur in Europa hat sich leise aus dem Alltag geschlichen, und es erschienen bloß zwölf Hörfreudige.

Nach dem Frühstück galt´s, die Weltstadt Shanghai zu besichtigen.

Ich fuhr mit Buz und Wembo im Taxi, und überall hatten die Menschen ihre bunte Bettwäsche in die Straßen gehängt. Es schaute aus wie in Hausach zur Fasnachtszeit. Grad so, als habe sich die kleine häßliche Stadt Hausach zu einer Metropole aufgeplustert.

Buz erzählte vom hohen Reinlich- und Sauberkeitspegel in Singapur, wo man einst die Familie Dankowski besucht habe. Ehemalige Nachbarn aus Taiwan: Er, ein bossiger, geradezu politikerartiger amerikanischer Steakfraßtypus, sie, eine bitterböse Chinesin im trügerischen Gewande eines bezaubernden Hascherls, das in erster Linie auf ein Leben in Saus und Braus spitzte. Ich wiederum erzählte, mich in Buzens Schilderungen einschmiegend, wie Frau Dankowski in der falschen Kostümierung und Schminke einer strahlenden Ehefrau, ihren Stiefsohn Tommi (unseren lieben Freund) einmal so abscheulich gewatscht hat. Mehr noch: Sie setzte den sommersprossenbesprenkelten und rothaarigen, zirka neunjährigen Knaben einem erbarmungslosen Ohrfeigenhagel aus, und ließ ihren boshaften, sadistischen Neigungen ungehemmt freien Lauf, da sie sich unbeobachtet fühlte. Wir Kinder jedoch erlebten die Szene völlig entgeistert durchs Fenster mit.

Buz ging nicht groß auf diese doch wirklich empörende Geschichte ein, und sprach stattdessen davon, wie die Dankowskis den ganzen Tag drum bedacht sein mußten, nichts zu tun, was den Unmut der Sauberkeitspolizei hervorrufen könnte, denn dererlei käme teuer.

Wir besuchten ein Museum, wo wir eine junge Frau in noblen Lackstiefeln kennenlernten, die vom Wembo herbeitelefoniert, bereits vor dem Portal auf uns wartete: Die Schwester von Wembos Nachbarin in Stuttgart, die sich nun unserer kleinen Reisegruppe anschloss, und auf Reporterart die verschiedensten Fotos in den verschiedensten Positionen der Gruppe schoss.

Das schöne große Museum hatte zwei Schwerpunktthemen anzubieten: Shanghai als Weltstadt, und die Dalí-Ausstellung.

Die Weltstadt Shanghai war im Miniaturformat aufgebaut worden. Man konnte sie umrunden wie einen Park, und es schien tatsächlich so, als hätten fleißige Hände jede Wohnung dieser 10-Millionen-Stadt einzeln nachgebastelt.

Ferner hatte man sich etwas Originelles ausgedacht, um uns Museumsbesucher bei Laune zu halten: Wenn man in eine kleine Kabine trat, leuchtete man außen auf einem Riesenbildschirm auf – im Hintergrund Shanghai. Man verwandelte sich somit in einen schlecht vorbereiteten Reporter, der sich mit einem verlegenen Lächeln behelfen mußte.

Ich litt unter meinem Alter und meinem Gleichmut, bzw. darunter, daß ich mich seelisch wie eine defekte Heizung anfühlte, die nicht mehr richtig warm werden will.

Oftmals geht es mir vormittags, wenn mein Dopaminspiegel gesunken ist, wie der „Louise", jener Dame in dem bewegenden Film „Hemmungslose Liebe"*, <u>bevor</u> sie auf David Sutton traf, der ihr Verderben werden sollte.

„Bevor ich dich kennenlernte, habe ich gar nicht gelebt. Ich existierte bloß irgendwie!" stammelte die Liebestrunkene, die sich völlig vernebelt an den Hals des Angebeteten gehängt hatte. *USA 1947 Regie: Curtis Bernhardt

Man versucht, Fröhlichkeit in sich zu entfachen, schenkt jemandem ein freundliches Lächeln und macht eine lustige Bemerkung, doch im Grunde wabert man gleichgültig durch den Tag.

Natürlich frage ich mich auch, ob ich mich womöglich genauso fühlen würde, wenn ich mit Herrn Reimer verheiratet wäre? Wir wären jetzt zusammen in Shanghai, und ich würde darunter leiden, daß ich nicht mehr viel für ihn empfinde, und nur aus Gewohnheit neben ihm hertrotte.

Einmal glaubte ich in der U-Bahnstation eine deutsche Frau zu sehen. Doch Buz glaubt kaum, daß eine deutsche Frau eine derart kurze Hose tragen würde, die zirka 20 cm vor dem Knöchel endet.

„Höchstens du!" spöttelte Buz.

„Die Hose ist nicht zu kurz. Die Beine sind zu lang!" spielte ich mich als Anwältin für die unbekannte Frau auf.

Das Gepfeife und Getriller in, bzw. vor der U-Bahn ging Buzen durch und durch. Auf dem gegenüberliegenden Bahnsteig sahen wir eine schön geschmückte Braut mit Brautjungfern, und der Bräutigam neben ihr langte soeben nach seinem auftönenden Händi.

Im U-Bahninneren ging es zu wie in einem dünnpfiffgebeutelten Darm, so sehr wurde man geschubbst und gedrängt. Als wir endlich wieder an Land traten, war´s plötzlich schrecklich: Wir schienen in einen Alptraum hineingestiegen: Soooo viele Menschen, wie in Hichcocks „Vögeln" Vögel. Es wurden immer mehr – gerad wie in der

Geschichte vom gekochten Brei, und unentwegt sagten mafiös aussehende düstere Typen „Watch!" zu uns, weil sie uns zum Uhrenkauf nötigen wollten. Doch sie sagten es nicht animierend und freundlich, sondern bedrohlich-nötigend, mit einem zwar unsichtbaren, doch messerscharf gespitzten Ausrufezeichen am Schluß.

Gemeinsam erkundeten wir den hohen Fernsehturm. Einen schwindelerregend in die Höhe ragenden Stengel, der an manch einer Stelle mit einer bauchigen Kugel aufgepumpt oder gar geplustert scheint.

Im ersten Stockwerk befanden sich Wachsfiguren, wie beispielsweise ein ganz steif ausschauender Engländer, der mit seiner Frau am Tische saß, Tee trank, und womöglich eine äußerst steife und distanzierte Unterhaltung führte?

Beim Einstieg in den Lift passierte folgendes:

Es passten nur noch vier Leute hinein, und dadurch, daß wir als Siebenergruppe drum bestrebt waren, beieinander zu bleiben, wollten wir vier Leuten Vortritt gewähren, um den nächsten Lift zu nehmen. Doch es stürmten ganz viele herbei und brachen sich gierig Bahn, so daß man allgemein ganz fassungslos über diese Massendreistigkeit war.

„Ni mön bu iao dsö yang!" rief der Wembo ganz erschüttert (zu deutsch: „Warum seid ihr bloß so?!?") und Wembos schlanke und jugendlich gebliebene Mutti rief auch etwas ganz Entrüstetes.

Eng zusammengepfercht fuhren wir mit dem nächsten Lift hinan, und schauten alsbald von oben auf die Metropole drauf, die in heiserem grellen Nebel lag, und ich freute mich darauf, daß mein Dopaminspiegel nachmittags vielleicht ganz von alleine ansteigt?

Vor uns stand ein reifer Chinese mit seiner jugendlichen Geliebten.

Hernach zerklüftete sich die Siebenergruppe: Wembo, Gina und die Nachbarsschwester mußten schoppen gehen, und wir übrigen besuchten so etwas wie ein chinesisches McDonalds-Lokal. Alle Mitarbeiter trugen einheitliche rote Mitarbeiter-Papphüte die in die Höhe ragten, und unter welchen sie verdrossen abwechselnd Mahlzeiten in Pappschachteln verpackten oder die Klobrillen abputzten.

Wembos Vater stellte sich gleich so diensteifrig für uns an, um uns Menüs wie im Flugzeug zusammenstellen zu lassen. Fast alle Speisen lagen mir nicht so sehr: z.B. faseriges blassgraues Rindfleisch mit dickem und glibberigem Speckrand, das ausschaute, als könne man den ganzen Nachmittag darauf herumkauen wie auf einer Ledersohle.

Und daneben befand sich ein durchsichtiger Wackelpudding, in welchen allerlei Dosengemüse eingelassen war.

Ich versuchte das Feuer unserer noch frischen Bekanntschaft etwas anzufachen, indem ich im Rahmen meiner Möglichkeiten interessierte Fragen stellte, und um die Stimmung zu heben, eine gewagte Prophezeiung zu wagen: Daß der Wembo später vielleicht einmal ein bedeutender Musiker wird, wenn er weiterhin so fleißig auf der Bratsche übt, und die guten Lehren von Herrn König artig befolgt?

Worte, die man in Europa auf lose Weise von sich gibt, doch die einfachen Leute aus der kleinen Millionenstadt Jiamusi am Ende der Welt, nehmen sie womöglich ernst, überlegte ich später in leisem Unbehagen.

Nett gelobte Wembos Vater, daß sie immer anreisen würden, wenn wir in China sind. Das wunderte mich, weil sie wegen uns doch so viel rumwarten müssen?

Nach einer Weile kehrten Wembo und Gina vom Shoppen zurück. Der verliebte Wembo hatte so viele schöne Geschenke für seine Braut Hanlin gekauft: Eine Handtasche und elegante Schatullenschuhe, und als ich gerührt gemeint hab, daß die Hanlin darüber sicher sehr gerührt sein wird, sagte der Wembo auf seinem besten Ausländerdeutsch: „Sie ist schon gewöhnlich!"

Draußen war es dunkel geworden. Der erste Tag vom neuen Jahr, war bereits eingeschrumpft, und es fühlte sich an, als habe man 365 € zum freien Verjubeln zur Verfügung gehabt, und ein erster €uro sei bereits verbraucht worden.

Wembo, Buz & ich fuhren zu einem Kaufhaus:

Im Taxi sprachen wir darüber, daß Wembos Papi mit viel Rubato und sehr melodiös chinesisch spricht.

Buz erzählte, daß seine Schwiegerschülerin Shinghua im Sommer mit ihm beleidigt war, weil Buz sie ermahnt hatte, ihr kleines Kind nicht so dicht neben die Türe zu setzen. Da verdächtigte ihn die Shinghua, daß er sie verdächtige, eine schlechte Mutter zu sein. Sie weinte sehr stark, und war kaum zu beruhigen.

In der Fußgängerzone von Shanghai war der Wembo ganz ungehalten, weil seine Eltern ihn nicht fanden, und klang am Händi laut und fassungslos, wie Ming zuweilen. Dann stellte er sich auf eine Eisenkugel drauf, so daß er der höchste Chinese im ganzen Umkreis war, und dadurch fanden sie ihn dann bald.

Geduldig trotteten die alten Eltern neben uns her, als wir mit dem Sohn die Kaufhäuser durchstreiften, doch man merkte es: Der Sohn, jung, dynamisch, nach vorne blickend und agil. Im Hintergrund die Eltern, die ein bißchen alt und müde geworden sind.

Den ganzen Tag – wo immer der süße Buz auftauchte – lief häßliche Supermarktsmusik, gerad so, als wolle China Buzen, der das Land doch so zu besingen pflegt, seine häßliche Fratze zeigen.

Wir besuchten ein großes, etwas schmieriges Lokal, um den berühmten „Feuertopf" kennenzulernen, da es heißt, niemand dürfe China verlassen, ohne einen Feuertopf gegessen zu haben. Unmengen an Köstlichkeiten, oder auch Küchanabfällen – je nach dem Ehrsamkeitsgrad des Restaurants - werden in kochendes Wasser geworfen, und nach einer Weile darf man darin herumfischen.

Leider war das Geschirr so schlecht gespült.

Es sah aus, als sei es nur ganz kurz in fettiges, gebrauchtes Spülwasser hineingestellt, und nicht einmal abgetrocknet worden.

Wembos Vater bestellte einen großen Zuber mit heißem Wasser und Spülmittel auf den Tisch, und der eine dünne und einfältig aussehende Kellner schien mir durch diesen harschen Befehl eines bedeutsam aussehenden Menschen so gedemütigt und geknickt.

Der Kellner erzählte uns, daß er uns sechs Getränkeflaschen unserer Wahl schenken will – aber spülen tut er dafür leider nicht so gut, gab er beschämt zu.

Donnerstag, 2. Januar
Shanghai – Frankfurt

In Shanghai hell und weißwölkig. In Frankfurt Regen

Der Wembo war sehr aufgedreht und fröhlich, und um drei Uhr nachts kaufte er noch Leckereien im 24-Stunden Supermarkt ein. Wann ich ins Bett stieg weiß ich schon nicht mehr, weil es sich so kurz vor der Abreise kaum noch auszahlte, auf die Uhr zu blicken.

Ich war sehr froh, daß wir heute wieder abreisen, denn innerlich hatte ich bereits angefangen, ein bißchen über China zu stöhnen. Ich hatte so viele Briefe geschrieben, doch die Kuverte, die ich gekauft hatte, ließen sich nicht zukleben, und als mich früh Morgens, gegen fünf Uhr das Telefon so häßlich wachgeschrillt und aus einem ansprechenden Traumgebilde gerupft hatte - eine Dame hatte sich verwählt, - ließ es sich hernach nicht mehr gescheit auflegen, bzw. der schrille Dauerton ließ sich nicht zum Schweigen bringen, und dabei erwarteten wir doch einen Erweckungsanruf Buzens.

Sehr nett frühstückten wir sodann ein letztes Mal in China, und dadurch, daß die Gina dabei war, war Buz auch viel lebendiger als sonst. Wir sprachen über den Begriff „geil", von welchem die Gina findet, daß er unschön klänge.

Die nette Bedienerin, mit der wir uns bereits angewärmt hatten, briet uns je ein großes Spiegelei, nur um uns eine Freude zu bereiten.

Hernach saß ich sehr lange allein in dem weißen Bus, der uns zum Flughafen bringen sollte, und der laute und mürrische Fahrer ging mir plötzlich so auf die Nerven. Ständig führte er ganz laut irgendwelche sauertöpfischen Mürrischkeitstelefonate mit seinem Händi, kläffte herum wie ein hurmorfreier niederösterreichischer Köter, und dann bepöbelte er den einsteigenden Wembo nach Art eines grantigen

Wieners, weil man so lange auf alle warten muß, und weil in China immer so lang „über nichts" diskutiert wird. Der Wembo erzählte, daß die Männer in Shanghai alle so unfreundlich seien, und er hört schon gar nicht mehr hin, wenn sie schimpfen.

Dann fuhren wir ab.

Ich schrieb Postkarten an den Christoph, Frau Saathoff und Frau Münch.

Dem Christoph schrieb ich wie folgt: Daß man ins Flugzeug steigt, abhebt, und die Freunde in Europa klein wie Ameisen werden. Wenig später existieren sie nur noch in der Erinnerung.

Frau Saathoff schrieb ich bildhaft davon, daß einem, wo immer man geht und steht, sofort wüste Kaufhausmusik durch die Ohren dröhnt.

Bald kamen wir am Flughafen an, und ich durfte zehn Briefe einwerfen: An Frau Kettler, Arno, die Reichmanns, Pfarrer Abel, den kleinen Hendrik, den kleinen Johannes, die Vitzthums, Hilde, die Gaßmanns und nicht zuletzt an Rehlein und Ming.

Wir schmiegten uns in bereitstehende Massage-sessel, in denen gar die Waden durchgerüttelt wurden.

Der Abschied war plötzlich so traurig.

Wembos Mutti weinte, und die gefühlvolle Gina empfand alles so tief. Sogar mit dem netten Vater vom Wembo, der unentwegt Erinnerungsfotos schoss, bebusselte ich mich. Ich fühlte mich traurig, daß die lieben Leute jetzt in ihr einsames leer gewordenes Nest in Jamusi zurückkehren. Durch die unmenschliche Politik in China dazu verdammt ein Familienleben auf wackeligen drei Beinen zu führen.

Vor etwa zwei bis drei Jahren verließ der einzige Sohn das Nest.

Nur noch die vielen Fotos erinnern an ihn, der jetzt um die halbe Welt nach Stuttgart zurückfliegt. Buz hatte das einmalige Angebot, das ich ihm im Auto unterbreitet hatte, schon bald wieder verwirkt: Wenn er es schaffe, bis Frankfurt nicht in der Nase zu bohren, so bekäme 1000€ einfach geschenkt, so wie man laut meinem frommen Tagesplaner 4000 Punkte einfach geschenkt bekäme, wenn man JESUS CHRISTUS im Herzen trüge.

Schließlich begaben wir uns durch einen Schlauch ins Flugzeug.

Ich muß schon sagen, daß ich mich auf den Flug sehr freute, da ich meinen Rucksack prall mit packenden Büchern gefüllt hatte. Doch Ming hat recht: Mehr als drei Bücher sollte man nicht mitnehmen, und ich hab so etwa eineinhalb gelesen. Mein DDR-Mordbuch „Das Ekel von Rahnsdorf" versuchte ich so gut es eben geht an Buzen vorbei zu schmuggeln, wobei mir Buzens Einkanaligkeit zugute kam.

Im Flugzeug war es zunächst sehr eng und unschön. Diesmal saß ich auf dem Außensitz vom Mittelgang, nur durch einen dürren Trampelpfad von Buzen getrennt.

Ich kam neben einem hebefreudigen Chinesen zu sitzen, der zu jener Stewardess, die ihm schweren Rotwein in ein Plastikglas goss, einfach sagte:

„Tsching duo idjenn!" Versteht dies jemand? Offiziell übersetzt: „Bitte etwas mehr!" doch in Wirklichkeit im Stile eines bossigen amerikanischen Steakfraßtypen: „That´s all?????" Mit diesem Herrn plauderte ich ein wenig, obwohl es ein bißchen lästig war, und ich lieber gelesen hätte.

Ich dachte darüber nach, daß gestern im Hotel um 01:00 Uhr nachts eine Putzfrau den Linoleum Flur geputzt hat, da man in China nicht nur alle Wochentage, sondern auch alle Uhrzeiten des Tages einheitlich geplättet hat. Und so läuft dort das Leben nachts weiter, als sei es am Tage. So wie den Elefanten im Zoogehege ist es den Menschen freigestellt, sich hie und da zu einem viertelstündigen Schlummer niederzubetten.

Ich hatte gehofft, daß der heutige Tag ganz lang würde, doch stattdessen war es immer nur dämmerlich, und die Plastiklider der Bullaugen im Flugzeug waren fast alle herabgezogen, weil die meisten Fahrgäste lieber dösen – vielen fehlte offenbar auch die Begeisterungsfähigkeit, sich die imposanten Gebirgsketten, die sich unter uns in die Ferne erstreckten, zu genießen.

„Das würde jetzt meinem Ming gefallen!" rief ich verzückt.

Ich las über die abscheuliche Selbstverbrennung vom Pfarrer Brüsewitz, der sich der DDR-Politik gegenüber provozierend benahm.

„Ich habe schon gewählt: JESUS CHRISTUS!" soll er geschrieben oder gesagt haben.

Hie und da wurde eine Mahlzeit herbeigerollt und serviert, doch sie schmeckte nicht.

Man durfte sich allerdings etwas auswählen.

„Duck!" sagte Buz, der so gerne Ente ißt, verlegen auf englisch. Grad so als spräche er kein Wort chinesisch, und ich wäre doch so gerne stolz auf ihn gewesen!

In meinen Ohren tönte es ein bißchen solcherart, als habe er „Gack!" gesagt, weil er ein Hunh wünschte.

Die Bedienung, einheitlich in weinrote Kaufhauskostüme verpackt, war heute sehr viel netter als jene auf dem Hinflug, während das Essen etwas schlechter war.

Zu Beginn und am Ende des Fluges kamen wir in Turbulenzen, doch die Passagiere reagierten im Kollektiv ganz gleichmütig darauf. Buz schaute sich einen chinesischen Geigerfilm an, und die Kopfhörer schauten aus, als wären sie einem Ärztekoffer entnommen, und fehl auf die Ohren eines Geigers gestöpselt worden.

Dann waren wir nach einem langen Flug wieder in Frankfurt, und ich war froh drum!

Ich dachte an die armen Leute, die *jetzt* auf ihren Flug nach Shanghai warten. Dies dachte ich in mildem Schauder, während wir uns auf schwummrigen Haxerln wartend ans Kofferrollband stellten. In der Ferne sah ich, wie ein Koffer, der so ausschaute, als wäre er der Meinige, einfach auf einem Kofferkuli hinfortgekarrt wurde, und fühlte gar den

Impuls, hinterher zu stürmen. Doch ich blieb wie paralysiert einfach am Rollband stehen.

„Ur mön dsou ba!" (Laß uns gehen!) rief ich nach Art einer verwöhnten Chinesin akzentfrei aus, so daß ich vielleicht ausschaute, als sei ich schlecht synchronisiert, denn mein Lachen klingt ja wiederum nicht chinesisch. Die Köffer rollten alle so träge und gelangweilt herbei, als freuten sie sich kein bißchen auf ihren Besitzer, und meiner rollte überhaupt nicht mehr herbei! Zweimal sprach Buz das aus, was ich schon befürchtet hatte: Daß jemand sich den falschen Koffer gegriffen haben könnte, und tatsächlich blieb ein ähnlich aussehender roter Koffer übrig!

Und nun hatte man die Wahl:

Entweder wir begnügen uns mit dem, was das Schicksal in dem fremden Koffer für uns bereithält, oder aber wir begeben uns zur Beratungsstätte für kofferentrupfte Reisende, die gezwungen sind, gänzlich entblößt von ihrem alten Besitz ein neues Leben zu beginnen.

Im Büro der Lufthansa wurden wir sehr nett und zuvorkommend von einer Japanerin bedient, die perfekt deutsch sprach. Sogar einen silbernen (grauen?) Notkulturbeutel bekam ich geschenkt.

Ich war froh und dankbar, daß meine beiden Diarien nicht im Koffer waren, doch in meinem Gehirn arbeitete es dahingehend, wie mein Leben ohne Konzertkleid wohl ausschauen solle, und ob ich am Ende schon wieder mit dem Tone nach

Hamburg reisen muß, um ein Konzertkleid auszusuchen?

Plötzlich stand die Han-Lin da, die extra angereist war, um ihren Liebsten zu überraschen, und ihre Geschenke noch eher in Empfang zu nehmen.

Der Abschied von unseren Chinesen war so tief empfunden und herzlich. Man hatte einander liebgewonnen. Die Gina küsste ich sechsmal, den Wembo viermal, und die Han-Lin ebenfalls viermal.

Doch schließlich stiegen unsere lieben Freunde in eine Glaskabine, und wurden winkend und bewunken in die Tiefe hinab gesogen.

*****

Nachdem der Glasquader mit unseren lieben lachenden Freunden vor unseren Augen in die Erde hinabgesunken war, schien das Licht, das unser Leben eben noch erhellt hatte, schummrig geworden.

Buz war gleich viel stiller und schweigsamer, als wir uns nun der nächsten Lebenshürdelei entgegenbewegten: Unserer Reise nach Bad Homburg zu Günther und Hedwig: Einem alten Freund aus Studienzeiten mit seiner angeheirateten ←(natürlich!) Ehefrau Hedwig, die sich somit wie eine angeheiratete Freundin anfühlt.

Bei einem sehr fein wirkenden und edel gekleideten Mohren gaben wir unser Gepäck in Verwahrung.

Im U-Bahn Schacht verbesserte sich meine Laune, weil Buz von unserer neuen Gastmutti Hedwig am Telefon erfahren hatte, daß mein Koffer angekommen sei. Der Plastikbeutel, den ich nunmehr mit mir herumtrug, hatte leider einen Riss, und ständig verlor ich das Foto mit Rehlein und mir drauf, das ich immer bei mir trage, um dem süßesten Rehlein nahe zu sein.

In Oberursel fuhr die S- Bahn wegen der schweren Regenfälle einfach nicht mehr weiter, und Buz und ich wurden ganz hilflos. Buz bekam sogar ein leicht debilen Ausdruck ins Gesicht, und sagte beständig „biddö?", so als sei er schlagartig alt geworden.

Der Bus nach Bad Homburg war so voll, daß der quadratgesichtige Busfahrer dem Strom Einsteigender sauertöpfisch Einhalt gebot.

In strömendem Regen, der laut und klatschend den von Straßenlaternen in ein verwaschenes Hochglanzlicht getunkten Asphalt beduschte, fanden wir eine hellbeleuchtete, äußerst einladend wirkende Imbissbude. Die Besitzerin telefonierte uns ein Taxi herbei, während wir uns die Wartezeit darauf mit einem Brötchen und verbindendem Gestöhn über die Wetterlage vertrieben. Das Taxi trödelte, und Buz wurde davon sehr nervös, da es eine Schicksalsschiene in seinem Leben scheint, daß Günther und Hedwig ständig auf ihn warten müssen.

Als das Gefährt dann endlich da war, wurde Buz allerdings wieder nett und angenehm, dieweil der Fremde am Steuer ein angenehmer Mensch zu sein schien? Buz brannte doch darauf zu erzählen, daß er in Shanghai war, und sagte *scheinbar* für *meine* Ohren: „Wann haben wir zuletzt einen Regen erlebt?" Bloß damit der Taxifahrer denken möge, wir kämen aus einem warmen paradiesischen Land am Ende der Welt?

Bad Homburg zu später Stund: Die Hedwig war allein zu Hause und blühte in Buzens Aura augenblicklich auf, indem sie sich von einer mürrischen alten Schildkröte in eine junggebliebene schelmische Dame gehobenen Alters verwandelte. Doch kaum waren wir da, als auch schon ein Nachbar zu Besuch kam, um zu verkünden, daß es bei ihnen in den Kellere hinein regnen würde.

Zu später Stund´ kehrte der Günther aus dem Orchestergraben zurück, den er heute auf freiwilliger Basis besucht hatte. Wir saßen beieinander, und es gab Bier aus Bierkrügen. Ich genoß das liebe und milde Lächeln vom Günther, doch leider löst er keinen Plauderschwung in mir aus, zumal er einfach verträumt durch mich hindurchzublicken scheint, wenn ich mich denn doch mal dazu durchringe, irgendetwas Konversationsbelebendes beizutragen.

Freitag, 3. Januar
Bad Homburg - Aurich

Draußen herrschte eine verquollene graue Morgendämmerung, und unsere neuen Gasteltern Günther und Hedwig haben es sich als Rentner zur Gewohnheit werden lassen, täglich erst um neun Uhr zu frühstücken, so daß es im Hause noch ganz still war, als ich mich, von Schlafübersättigung getrieben, dem Bettgehäuse entschälte. Buz war allerdings schon verschwunden, und ich mit meinen nunmehr 40 Jahren fühlte eine gewisse Nostalgie: Nun hat man China wieder verlassen, ein wildes, lautes schrilles, unfreundliches Land, das man dennoch liebgewonnen hat, und das man so bald wohl nicht wiedersieht.

Wie eine speckbepolsterte übergewichtige reife Dame trat ich dem Tage somit nur mäßig gestimmt entgegen.

Buz saß bereits neben dem Weihnachtsbaum im Wohnzimmer, und las erfreut einen Artikel über Shanghai, der im *Spiegel* erschienen, und in welchem all das zu lesen war, was er doch eben erst hautnah erlebt hatte. Doch was liest der Mensch lieber als das, was er schon kennt? Auch ich freute mich sehr über den Artikel, aber Rehlein in meinem Inneren verunmöglichte mir, mich behäbig, dem reinen Lesegenuß hingebend, auf dem Sofa herumzufläzen.

„Ich sollte die Betten abziehen!" wirbelte ich ein Löblikum auf, um Buz daran zu erinnern, daß man

auch an das denken möge, „was des andern ist"
(Philipper 2, 4)

„Das macht die Hedwig, die hat doch nichts zu tun!" kehrte Buz den behäbigen Hessen hervor, bzw. sprach er auf die höchst umstrittene Weise eines unreifen Studenten aus Rehleins empörenden Erinnerungskabinett.

Bald darauf frühstückten wir, und der frühstückende Buz freute sich sehr darüber, nach so langer Zeit endlich mal wieder Honig zu essen. Der Günther zeigte uns seine Kochausrüstung, die er zu Weihnachten geschenkt bekommen hat, und stülpte sich das wohl wichtigste Kochutensil auf's Haupt: Die in die Höhe ragende, sahneweiße Kochhaube.

Der Günther in seiner schlichten Zufriedenheit sah damit ganz bezaubernd aus, und ich wühlte in meinem immer unübersichtlicher werdenden roten Koffer nach meiner neuen Minolta Kamera herum.

Jetzt wo ich meinen Koffer wieder habe, frage ich mich natürlich interessiert, was in dem anderen Koffer wohl drin gewesen sein mag?

*****

Der Günther fuhr Buz und mich zum Flughafen, und seine Frau nahm er ebenfalls mit, um sie beim Metzger um die Ecke wieder abzusetzen. Die Hedwig hatte einen Brief an ihren Bruder Winfried in Norwegen dabei, und so sprachen wir auf dieser kurzen Wegstrecke über diesen für uns geheimnisvollen Menschen. Der Winfried lebt schon seit vielen Jahren in Norwegen, spricht norwegisch wie ein Weltmeister und hat sogar eine norwegische Frau! Doch über norwegische Frauen ist leider nur wenig bekannt.

Man durfte beobachten, wie der zartfühlende Günther seine Frau, die man nach einer kurzen Eingewöhnungsphase nicht schlecht findet, zum Abschied geküsst hat.

Die Hedwig hat leider keine Eltern mehr: Der Vater fiel mit 69 Jahren aus heiterem Himmel und ohne Vorwarnung tot um, und die Mutter starb 66-jährig an Krebs!

Ich fand die Reise so unglaublich anstrengend, so daß sich mir folgender Gedanke aufdrängte:

Bevor man sich einen VIP-Status erarbeitet hat, sollte man eigentlich nicht reisen. Ständig diese ewigen Wartereien, bzw. das Sich-drauf-Zubewegen auf die nächste lästige Hürde.

Wir flogen über den Wolken nach Bremen, doch nach unserer Ankunft mußten wir leider bald bemerken, daß Buzens Auto im Parkhaus festgefroren war, dieweil es sich nicht mehr hinfort-bewegen ließ. Das Auto hatte die Ausstrahlung eines alten Vogels mit erlahmten Schwingen, dem die Welt zum Ekel geworden ist.

In einer Telefonzelle beugte Buz sich hilflos über ein abgegriffenes und zerfleddertes, in welchem offenbar nur Nummern standen, die man momentan nicht brauchen konnte. Das was man hätte brauchen können - einen engagierten Autoflottmacher - fand man darin bezeichnenderweise nicht.

In der Nebenzelle versuchte ein sehr netter Halbmohr nach England zu telefonieren, und bat uns um Rat. Der hilfswütige Hesse in Buzen wurde wachgerüttelt, und Buz setzte sich begeistert und engagiert, aber gleichsam vergebens für den Herrn ein.

Buz griff sich sein Händi, wählte eine Nummer, und verschwand sodann eine Weile.

Ich stellte mir vor, *Buz würde vor den Vorbeihastenden dran so tun, als würde er mit seinem alten Spezi Gerhard Schröder plaudern: „Altes Haus! Vertritt mir ja unser Land würdig, und grüß mir die Doris, ja?"*

Ich hütete unsere kleine Kofferpyramide, wartete sehr lange, und schaute dazu durch die Verglasung des Gebäudes in die Kühle und Einsamkeit hinaus.

Einmal konnte ich mir plötzlich das Gesicht von unserem Kanzler Schröder nicht mehr vorstellen. Versuchte ich mein Schröder-Doc zu öffnen, so stand da etwas auf Computerlatein, das man nur aus jenem Grunde nicht lesen konnte, da Schädel und Frisur drüber gespannt waren: **ptcl;//-schrocdcr.-exe.glob.konnte nicht geöffnet werden** und stattdessen erschien immer bloß der Kopf von Wembos Vater, einer chinesischen Variation von Gerhard Schröder.

Nach vielen Stunden hatte sich schließlich eine Werkstatt des Autos erbarmt, und wir fuhren in winterlicher Frische los. Zuerst war Buz leider sehr schweigsam, so daß man nicht wußte, was man sagen sollte. Über meinen schönen roten Koffer hatte Buz so häßlich gesagt „dieser Scheißkoffer!" und dieser unschöne Satz waberte noch lange kränkend in mir nach. Der schöne rote Koffer, den mir Rehlein mal so liebevoll ausgesucht hatte, und der uns so nützlich war!

„Wie kann man nur so etwas sagen!" sagte ich nach Art eines empfindsamen Fräuleins, daß dererlei Unaufmerksamkeit einfach nicht vertragen kann.

Einmal verfuhren wir uns kurz, doch als wir dann auf die Autobahn gelangt waren, lichtete sich Buzens trübe Laune angenehm auf. Buz wurde wieder fröhlich, und referierte in nettem und animierendem Tonfall auf mich ein, was ich bei meinem Geigenspiel noch verbessern müsste. Getragen von den verbindenden Worten waren wir erstaunlich rasch daheim beim süßesten Rehlein!

Endlich wieder am Mutterbusen – und wieder zündeten die Worte von der Tante Theres aus den Lausbubengeschichten von Ludwig Thoma: „Bleibe im Lande und nähre dich redlich!"

Ich duschte den Weltstadtmief ab, und dann gab es schon eine köstliche Mahlzeit: Fisch mit Kokosraspeln, Zitrone und Ingwer. Rehlein wollte „Dinner for one" ansehen, und fand den Film, über den Buz noch nie gelacht habe, so lustig.

„Schade. Mit dem Opa konnte man immer so schön darüber lachen!" sagte Rehlein, und bedauerte es leicht, daß Buz nicht so geworden ist wie der Opa.

Nach einer Weile klingelte es an der Türe, und der Tone kam zu Besuch. Der Tone ist ein sehr entspannender Gast und liegt meist träge auf dem Boden herum. Neulich habe er den ganzen Abend lang mit dem Friedel konzentriert und absorbiert Schach gespielt, so daß Rehlein bald zu viel davon bekommen hätte, weil die Absorbiertheit der Herren das ganze Wohnzimmer imprägniert habe.

Doch nun ist der Friedel wieder weg und man fehlt einander, was sich darin niederschlägt, daß der warme Friedel jeden Abend anruft. So auch heute:

Mitteilungsfreudig setzte er uns über seine neuesten Erfahrungen auf dem Heiratsmarkt in Kenntnis.

Der Friedel braucht eine Familie und ein stabiles Umfeld, und dazu gehört in erster Linie eine brauchbare Frau. Von jüngeren Frauen hat der Friedel fürs Erste genug, und nun sucht er etwas Handfestes: Er berichtete, daß die Romanze mit einer frisch kennengelernten Dame namens Monika bereits am Laufen sei, da die Monika als 41-jährige, die eine neue und taugsamere Familie gründen möchte, nicht mehr viel Zeit zu verlieren hat.

Am Abend fühlte Buz sich traurig wegen der Oma, die alt und welk und immer älter und welker wird. Wie eine Blume, an der man zwar noch hilflos herumgießen kann, und die doch nur den Kopf hängen lässt. Die Blüten fallen auf das Tischtuch, und eines Tages muß man den Stengel mit dem abgeknickten Haupt auf den Kompost tragen, und erinnert sich wehmütig daran, wie schön die Blume einst geblüht hat.

Über meine weiteren Reiseambitionen sagte ich auf Art von Omi Mobbl: „Ich mach nur noch *diese eine* große Reise!"

Gemeinsam schauten wir die „Lindenstraße" an:

Als der Onkel Franz erzählte, wie er immer an sein Dorle dächte und ganz viele Küsse in den Andromedanebel zu schicken pflegt, überlegte wiederum ich, ob Buzen in diesem Moment womöglich aufgegangen sein könnte, daß er in China nicht ein einziges Mal an Rehlein gedacht hat? Ähnelnd einem Pubertierenden, der im Schülerlandheim nicht ein einziges Mal an seine Mutter denkt?

Plötzlich hat Rehlein einen Rentner am Bein, der den ganzen Tag zu Hause sitzt, und beschäftigt beziehungsweise unterhalten werden will.

Samstag, 4. Januar

Grau aber sehr klar und reizvoll. Etwas Schnee

Gestern begab ich mich plötzlich ganz rasch zu Bett, weil mir so schwummrig und müd zumut geworden war. Doch dann kam es genau so, wie man es schon geahnt hatte: Daß ich nämlich in der Nacht an Schlafüberdruß erwachte.

Mitten in der Nacht lag ich wach da, und fühlte mich seelisch äußerst unfroh, weil ich nicht so recht wußte woran sich meine Lebensfreude wohl entzünden solle? Ich bin alt und häßlich geworden, und nichts freut mich mehr.

Rehlein hatte gestern die Tür zu ihrem Zimmer offen gelassen, weil sie schon geahnt hatte, daß ihre Lieben jetlagsbedingt ganz früh zu knospen beginnen würden, und das warmherzige und mütterliche Rehlein natürlich keinen Moment mit uns verpassen mochte. Doch am Morgen hatten sich Rehleins diesbezügliche Gefühle um 180 Grad gedreht, und Rehlein krächzelte mir nur mehr zu, daß ich die Türe zu ihrem Zimmer bitte schließen möge.

Dann stand ich ganz lange versonnen am Fenster, und schaute ebenso versonnen auf den blaugrau herandämmernden Tag drauf. Später versuchte ich aktiv zu sein, und schippte die dünne Schneeschicht, die sich auf unserem Trottoir gebildet hatte hinweg. Währenddessen entstieg der Maulkorbbärtige von Gegenüber, ein Herr, der mir nicht ganz gleichgültig ist, seiner Zwerglimousine, und ich schaute hin und erwog, ob man wohl gleich losgrüßen solle oder nicht, und tatsächlich grüßten wir uns knapp. Doch beim weiterschippen frug ich mich bedauernd, warum ich wohl kein schönes neues Jahr gewünscht habe, denn dann wäre nach dem allgemeinen „Moin!" doch endlich mal das berühmte zweite Wort gefallen! Ein Wort, nach dem man im Bestreben, die nachbarschaftliche Bekanntschaft zu intensivieren, immer vergebens herumgerungen hat.

Bald hätte ich auch vor dem Priwitzschen Anwesen geschippt, weil ich es so unfreundlich gefunden hätte, direkt an unserem Grundstück eine Grenze zu ziehen.

Doch statt diesem löblichen Gedanken Folge zu leisten, begab ich mich zum Frühstück.

Beim Frühstück erzählte Rehlein, daß der Onkel Rainer in Kanada für Freunde und Verwandte einen minutiösen Rundbrief über das Jahr 2002 verfasst hat. Doch dort stand kein Wort darüber, daß sein Vater verstorben sei. Rehlein war ganz entsetzt darüber, doch der Rainer in Kanada hatte sich innerlich schon so weit von seinem Vater entfernt, daß er dieses Ereignis schlichtweg vergessen hatte.

Buz hatte seinem Spezi „Yossi", der für Rehlein ein rotes Tuch ist, eine Empfehlung geschrieben, mit der Selbiger sich für eine Professur an der Universität von Santa Barbara beworben hat. Etwas, das heut ans Tageslicht kam, weil die Universität von

Santa Barbara Buzen einen warmen Dankesbrief für diese Empfehlung geschickt hat.

„Besser er ist in Santa Barbara als in Ofenbach oder Aurich," sagte Buz leichthin, doch die so dahin geworfenen Worte entsprachen nicht seiner wahren Meinung, da Buz tief im Inneren traurig ist, daß es mit all sein Lieben immer so betrüblich enden muß.

Am schönsten fände es Buz, wenn der Yossi wieder als Dauergast bei uns einzöge und immer bei uns wäre.

Auf dem Marktplatz:

Von einem Gemüseverkäufer erfuhren wir, daß es sehr kalt werden würde: Minus 10 – 15 Grad mindestens, und tatsächlich sah man beim Blick durch die wetterliche Blässe erste zarte Schneeflöckchen durch die Lüfte schweben.

An der Ochsenskulptur vor der Deutschen Bank begegneten wir dem Lokalpolitiker Th.. Zuerst habe ich nicht gewußt, wer das sein soll, doch dann machte Herr Th. uns darauf aufmerksam, daß er neben seinem eigenen Wahlplakat stehe. Er beplauderte Rehlein sehr nett und persönlich, bis ein fremder Herr fast verdrossen zu ihm sagte: „Ich wollte Sie eigentlich sprechen, doch nun habe ich keine Zeit, und ehrlich gesagt auch keine Lust mehr!" Dies sagte er auf höchst verdrossene und beleidigte Altherrenart, und dann lief er sauertöpfisch von dannen.

Rehlein erzählte mir, daß sie neulich am Kanal spazieren lief, und auf Herrn Groter, den Inhaber des Reformhauses traf. Ein Herr, der gerne oder vielleicht sogar ausschließlich(?) Allgemeinjovialitessen von sich zu geben pflegt, die für einen kultivierten und feingeistigen Menschen auf Dauer nicht wirklich interessant sind.

Er sagt Dinge wie: „Auch mal wieder im Lande?" und „Was macht die Kunst?" und auf dieser Ebene wollte Rehlein einfach nicht unterhalten werden.

Rehlein sprach aus, daß sie lieber alleine sein wolle, und er doch wohl sicher auch?

Herr Groter sei über Rehleins direkte Worte froh gewesen, da sie ihm die Peinlichkeit ersparten, die ganze Zeit neben einer Dame laufen, und angestrengt Konversation betreiben zu müssen, und so beschleunigte er seine Schritte. Mich aber stimmte diese Geschichte ein bißchen wehmütig und traurig, da sie so überdeutlich klar macht, wie einerlei sich die Menschen im Grunde sind. Und ob Herr Groter wirklich froh war, sei dahingestellt.

„Wenn ich gestorben bin, so wird sie mit Gleichmut darauf reagieren!" mag er bekümmert gedacht haben.

Historische Erinnerung aus den frühen 80er Jahren:

Zusammen mit einer Freundin, die von weit her angereist war, besuchte ich das Reformhaus.

Kurz bevor wir eintraten wettete ich um 50 Mark, daß der Reformherr mich mit den Worten: „Auch mal wieder im Lande?" begrüßen würde, da er dies nämlich immer tat.

„Top, die Wette gilt! Heute sagt er mal was anderes!" rief meine Freundin vergnügt aus.

Das Türglöckchen bimmelte so schön weihnachtlich.

„Ganze Familie zusammen?" jovialisierte Herr Groter.

Buz und ich machten einen Spaziergang bis zum Kanal. Wir bestaunten das Gesangswunder Nicole, das in einem goldenen hautengen Anzug, und in nachdenklicher Pose an den Litfaßsäulen klebte, und Buzen dazu animierte über eines seiner Lieblingsthemen zu referieren: Wie ich mich gescheit ankleiden solle, und darüber hinweg modulierend, daß ich keinen Mann gefunden habe.

Dies wurmt Buz, da man sich als Vater einer unverehelichten überreifen Tochter zuweilen fühlen muß, als habe man als Schwiegervater gänzlich versagt.

Da tat mir Buz so leid, und ich erzählte ihm die Geschichte von Herrn Andreas und seinem Schwiegersohn, der den Spitznamen „Kaiser von China" trägt. Die Herren sind nahezu gleichaltrig, und setzt man sich gemeinsam zum Sonntagsbraten nieder, so dauert es keine zehn Minuten, und es bricht irgendein Zank über eine Banalität aus: Sei es die Rechtschreibereform oder aber die Frage, ob man den Namen des „Zeus" Zois, oder Zäus ausspricht? Die Herren werden hitzig und ungemütlich, und die köstliche Mahlzeit, mit der sich Frau Andreas eine solche Mühe gegeben hat, geht

ganz und gar in dem rechthaberischen Herum-
gepolter unter.

Am Abend besuchte ich meine neue Freundin
Frau Priwitz jun., die aus der Schweiz herbeigereist
war, um ihrer Mutter, unserer betagten Nachbarin
Frau Priwitz senior einen Besuch abzustatten.

Wir tauschen uns über unsere Reiseerlebnisse aus,
und ich erfuhr, daß die Bärbel sehr genußfreudig sei.

Da sie als Flughafenbedienstete sehr gut verdient,
pflegt sie erster Klasse zu reisen, und der Höhepunkt
des Tages sei für sie, auf dem Sofa liegend ein Glas
Rotwein zu trinken, ein gutes Buch zu lesen, und
dazu klassische Musik zu hören. Ich befrug sie nach
dem Verhältnis zu ihrer alten Mutter, und die Bärbel
sprach es ungeschminkt aus: „Nicht besonders!"
Früher sei es aber noch ärger gewesen.

Mit ihrem lang verstorbenen Vater habe sich die
Bärbel zuweilen gar gegen ihre Mutter verbündet,
wenn die es mit ihrer feldwebeligen Art zu weit trieb.

Die alte Frau Priwitz selber lag im Bett, dieweil sie
an einer Erkältung laborierte. Kurz bevor ich mich
um 19:00 Uhr wieder empfahl, stand ich noch
höflich im Türrahmen zu dem ordentlichen und
nicht ungemütlichen Zimmer der alten Dame, wo
man auch heute noch auf die seit über zwanzig
Jahren erkaltete Doppelbetthälfte von ihrem Otto
draufschauen kann.

Abends rief mich der Friedel an. Er erzählte vom Treffen mit der 41-jährigen Monika, die nicht mehr viel Zeit zu verlieren hat: Nach einer etwa 18 minütigen, von Verlegenheit geprägten Konversation habe er angefangen sie am Hals zu küssen. Einfach nur so, um zu schauen was passiert?

Ob man wohl die ganze Zeit auf der Chaiselongue verbringen müsse? habe er gefragt.

Und die Monika habe gesagt: „Eigentlich könnten wir auch ins Schlafzimmer hinüberwechseln!"

Die Monika hat sich bereits in den Friedel verliebt, und frägt sich jetzt, wie sie ihn wohl halten solle?

Sonntag, 5. Januar

Verschneit und bleich

Wie in ein Futeral gebettet lag ich in meinem Bettgehäuse, während es draußen noch ziemlich dunkel, und zudem leicht verschneit war.

Geträumt hat ich verschiedenerlei: *z.B. daß ich den lang vermissten Schein gefunden habe, den der Doktor Bogad damals zu meiner Geburt ausgestellt hatte, und aus dem hervorging, daß ich leider ein Säugling mit Mängeln war. Mein eines Bein sollte ein bißchen in die Länge gezogen werden, weil es einfach zu kurz war, somit einfach herabhing, und noch vor dem Boden endete,* (Traumesunlogik) *während das andere Bein gottlob eine normale Länge aufwies, und mir eine gewisse, wenn auch leicht wackelige Standfestigkeit auf Erden zu garantieren schien.*

Außerdem lief mir Lymphflüssigkeit aus dem Gehirn durch das Nasenloch hindurch, und tropfte auf den Teppich.

Beim Frühstück las uns Buz die Erzählung von Hans Joos über die verstorbene Mutter vor, und Rehlein und ich mußten beide weinen, weil wir uns in Gedanken schon so viel mit der Endlichkeit des Daseins befasst haben.

Draußen schneite es zart, und oben begann ich auf meiner Violine zu üben. Ich übe z. Zt. die eine schöne Bach Sonate, die mir das Kläuschen rührenderweise kopiert hat, und dann repetierte ich Brahms´ A-Dur Sonate.

Beim Blick aus dem Fenster imponierte es mir, wie der maulkorbbärtige Herr stets zur richtigen Stund´ das Richtige tut: Er fegte den Schnee solange er noch nicht festgetreten war, behende mit dem Besen vom Bürgersteig hinweg, und stellte die gelben Säcke bereit.

Etwas, das bei Buzen undenkbar wäre.

Ich schrieb einen Brief an Herrn Herberger zum 95. Geburtstag. Nach den obligatorischen Glückwünschen, die *eine* Zeile in Anspruch nahmen, stürzte ich mich kopfüber in eine etwas zusammenhangslose Schilderung darüber, wie es in China gewesen sei. Ich hatte mich dazu verdonnert, ohne abzusetzen zu schreiben. Draußen sah es immer reizvoller aus.

Mit der Zeit wirbelten die Schneeflocken dichter drauf los.

Im unteren Stockwerk war ein Film zuende ge
gangen, der Buz und Rehlein über alle Maßen begeistert hatte.

Spaziergang mit Buz und Rehlein zum Kanal:
Wir beugten uns von der Buckelbrücke auf das
halbgefrorene Wasser hinab: beinhart gefrorene Eis-
inseln mit verzuckertem Rand hatten sich gebildet,
und es schaute direkt aus, als sei das resultierende
Kunstwerk der Natur von Graffitisprühern dort
hingesprüht worden.

Rehlein erzählte von der Messe an Heiligabend, wo
die Predigt des Geistlichen leider so häßlich gewesen
sei: Es handelte sich um einen Geistlichen, der für
seine volksnahen Predigten berühmt sei, und somit
volksnahe Dinge sagt, wie beispielsweise: „Joseph
war sauer, daß Maria offenbar – ich sach mal sou -
mit einem Anderen in die Kiste gehüpft war."

Da ging ein Raunen durch die Kirche.

An einer Stelle im Himmel hatte sich in einer
dicken und leicht grimmig kolorierten Wolkendecke
ganz plötzlich ein Loch gebildet, durch das man auf
ein dumpfes Blau drauf sah, und daneben befand
sich ein Wolkenbausch, der sich vor unseren Augen
mit flüssigem Orange vollsog.

Dieser Spaziergang im Schnee mit meinen
geliebten Eltern brachte mir die verpufften
Fröhlichkeitsmoleküle zurück. Aber vielleicht war es
auch die Vorfreude auf die „Lindenstraße", die sich

wenig später über der Kaffeetafel noch intensiver ausbreitete.

Wir saßen bei Kerzenschein, und auch die eine Kerze - ein Weihnachtsmann aus Wachs mit einem Docht auf dem Kopf - die Buz von seiner Verehrerin Swetlana geschenkt bekommen hat, brannte auf dem Tisch. Der Weihnachtsmann wird davon immer heller und schöner, da er durch das geschmolzene Wachs langsam durchsichtige Konturen annimmt, und ähnelnd einem alternden Menschen, vergeistigte Züge bekommt.

Am Abend kam der all abendliche Anruf vom Friedel. Meist plaudern wir über die verschiedenen „Fische", die an seinem Angelhaken hängen: Die duftende Monika hat sich jetzt richtig in den Friedel verliebt und macht sich Gedanken, wie sie ihn wohl auf Dauer würde halten können? Der Friedel ließ durchschimmern, daß er übers Jahr vielleicht nach Amerika zurückkehrt?

Vom Friedel erfuhr ich auch, daß die Julia mit Ming nach Ofenbach gereist sei, und zu Ming gesagt habe: „Mein Herz gehört dir!"

Buz litt am Abend an Sodbrennen, und hatte zudem gar keinen rechten Appetit auf ein Gläschen Wein, weil er so müde war. Er schlummerte zusammengekauert auf Rehlein Schoß.

Rehlein war so schrecklich besorgt, weil wir so bleich aussahen, und insitierte energisch, daß wir morgen unbedingt zum Doktor Heise gehen sollten, um uns ein paar Vitamine und Gesundheitstinktürchen aufschreiben zu lassen. Doch wir sträubten uns dagegen, denn kein Medikament der Welt ersetzt die Liebe einer Mutter und Ehefrau, die wir in China so sehr vermissen mußten. Nun, da wir wieder daheim waren, würde es mit uns stetig bergaufgehen!

Montag, 6. Januar

Verschneit, weißlich bewölkt,
doch am Vormittag leuchtete kurz die Sonne

Ich träumte, *daß ich Frau Kettler fragen wollte, ob sie wohl Lust hätte, mit Buz und mir einen Ausflug zu unternehmen? Frau Kettler stak in einem Strumpfhosenanzug: Der ganze Anzug bestand aus einer einzigen, in die Länge gedehnten Strumpfhose, deren obere Enden man über Frau Kettlers Schulterblättern an die Wand genagelt hatte, denn ansonsten wäre die ganze Frau zusammengeschnurrt wie ein Strumpfband.*

Frau Kettler, wenn auch dem seltsamen Kleidungsstück geschuldet zur Bewegungslosigkeit verdammt, wirkte wie ein Schulmädchen, das zum inneren Kern einer Klassenclique gehört, zu der man als Außenstehender eigentlich keinen Zugang hat.

Ich trug mein Anliegen sehr höflich vor, doch Frau Kettler im Banne des Klassenzimmersyndroms machte ein skeptisch abwägendes Gesicht, aus dem sich ablesen ließ, daß sie keine Lust auf dererlei verspüre. Schließlich lehnte sie es in höflichen

Worten ab, zumal sie heute auch noch mit einflußreichen
Leuten musizieren wolle.

Wenig später war ich höchst verärgert: Ich hatte im Flur
meinen roten Koffer geöffnet, und dabei war alles auf den
staubigen und ungeputzten Flurboden gefallen. Die Verär-
gerung verlieh mir dahingehend Flügel, daß ich nun in
strengem, fast beamtlichen Tonfall zu Frau Kettler sagte, daß
ich in zehn Minuten nochmals wiederkehren, und sie erneut
fragen würde, und wenn sie dann wieder nein sage, dann höre
sie nie wieder etwas von uns. Doch draußen auf der
verschneiten Straße bereute ich die harten Worte, die sich wohl
nicht mehr einfangen lassen würden.

Dann erhob ich mich in die Dunkelheit hinein,
und um acht Uhr geigte ich los Ich weckte Rehlein
montagsgemäß mit Bachs g-moll Sonate, und Buz im
Musikzimmer schmiegte sich mit demselben Werk,
wenn auch mehr auf Fingeraufklappsbasis in meine
Klänge hinein, so daß es geklungen haben mag wie
in einem Hotel in einem Ort, wo ein großer Geigen-
concours stattfindet.

Zunächst frühstückte ich mit Buzen allein, und
bequatschte ihn auf die Art unserer Tante Uta über
ein Thema, das mich selber nicht im geringsten
berührte, nämlich darüber, was für ein hoher
Idealismus doch wohl dazu gehöre, Posaunist zu
werden?! Ein lautes blechernes Instrument – zu laut
für ein kleines Zimmer, und für ein Mietshaus
gänzlich ungeeignet. Kaum Literatur an der man sich
privat ergötzen könnte. Die meisten Orchester
haben keinen Bedarf nach einem neuen Posau-

nisten... dann entzog sich Buz dem Frühstücksgeschehen, dieweil sich auf unseren Bankauszügen Ungereimtheiten eingeschlichen haben: Die „Allianz", von welcher Buz doch ab dem ersten Januar seine ganzen Reichtümer erwartete, hatte stattdessen einfach wieder etwas abgebucht.

Aus Emden hatte man uns die versprochenen 2500€ für das Weihnachtskonzert zwar überwiesen, doch kaum war das Sümmchen auf dem Konto eingetroffen, so war es auch bereits wie von Staubsaugernüstern wieder hinweggesogen worden.

Rehlein und ich beobachteten unser Familienoberhaupt, das die krustige Schneeschicht vom Auto herabschabte, und Rehlein wunderte sich wohlwollend darüber, wie gründlich er es machte. Einmal blickte Buz von dieser schweißtreibenden Arbeit empor, entdeckte uns am Fenster, und freute sich so sehr, seine Lieben quadratisch umrahmt zu sehen, wie das warme Lächeln auf seinen Zügen vermuten ließ. Bald darauf fuhr er von dannen, und wenig später klingelte das Telefon. Ich hatte schon richtig erahnt, daß dies nur Buz sein kann, der in der Oldenburgischen Landesbank angelangt, schon bald hatte feststellen müssen, etwas vergessen zu haben.

Ich mußte ihm ein amtliches Schreiben in die Bank faxen, und beinah hätte Buz auch noch vergessen, mir die Faxnummer zu nennen, so daß ich als dümmliches Dööfchen dagestanden wäre.

Dienstag, 7. Januar

Verschneit. Zum Teil zart blauer Himmel
mit reizvoller Beleuchtung

Meine Beine schienen gestern ein bißchen Zug abbekommen zu haben, und ließen sich heute wie bei einer alten Frau nur mühsam auseinanderfalten und aufstellen. Bald schon wird man sich vermutlich fühlen müssen, wie ein rostiger Notenständer, den jemand mit schmerzverzerrtem Gesicht und hohem Kraftaufwand auseinanderfaltet.

Zum Frühstück schauten Rehlein und ich „Brisant". Man zeigte z.B. die Victoria von Schweden, die wir so nett finden, und über die ich zu sagen pflege, es sei die ideale Frau für Ming. Ming soll Prinzgemahl von Schweden werden, und aus goldenen Tellern essen! Doch dies wünscht sich wohl jede Schwester für ihren Bruder?
Eigentlich ist die Victoria noch ein ganz junges Ding, und ich bescherzte Rehlein damit, daß mich ihr Anblick so an „Jugend monarchiert" erinnern würde. Rehlein lachte so süß über diesen losen Scherz, weil Rehlein immer so stolz auf mich ist.
Wir wunderten uns ein bißchen darüber, warum in den bunten Prominenz-Nachrichten niemals über Gidon Kremer berichtet wird? Jemand von dem man eigentlich kaum noch sagen könnte, er sei in aller Munde.

Seitdem ich aus China zurückgekehrt bin, habe ich Ming noch kein einziges Mal angerufen.

Die Julia ist ihm nach Ofenbach gefolgt, und gestern sei sie, so Rehlein, immer noch da gewesen, obwohl doch von Rechts wegen ihr Studium in Leipzig wieder losgegangen wäre.

„Aber vielleicht studiert sie gar nicht mehr?" mutmaßte Rehlein zur Mittagstund´ leichthin.

Man sieht´s kommen, und bald flimmern Worte Mings über den E-Mail Bildschirm, die in ihrer schlichten Freude an den Friedel erinnern:

„Ich werde im Februar dieses entzückende Geschöpf Julia heiraten!"

(Worte, die einst der Friedel über die Leslie geschrieben hat).

Auf dem Sofa liegt z.Zt. die ZEIT herum, und in den Heiratsgesuchen kann man nun tabellarisch alles mögliche über die Heiratskandidaten in Erfahrung bringen. Mich erinnerten fast alle Heiratswütigen an die Teilnehmer von Rehleins Indienfahrt aus Rehleins Erzählungen.
Eine Frau wünschte einen Kandidaten mit Herz, Hirn und Humor.

Besonders peinsam empfinde ich es immer, wenn jemand „Mr. Right" schreibt. Doch auf *einen* Mr. Right kommen viele Mr. Wrongs wie man weiß, denn bei einer Umfrage kam zutage, daß fast alle Frauen ihren Mann gerne anders hätten.

Im Klub:

Journallesend radelte ich vor mich hin. Das Unwort des Jahres 2002 lautet „Ich – AG". Für mich persönlich jedoch wäre das Unwort des Jahres – sofern man diese leere Blase überhaupt als „Wort" bezeichnen kann, das „Dabblju" von George W. Bush, denn daß man es englisch aussprechen muß, ist für mich kaum zu glauben!

Draußen schneite es zart und dämmerte poetisch.

In meinem Nacken unterhielten sich drei maskuline ältere Damen über nicht unansprechende Klatschthemen. In der BUNTEN las ich über lauter frohe Menschen, die viel Geld und auch Glück in der Liebe haben. Zum Beispiel Franz Beckenbauer, der ein ganz neues Leben mit einer ganz neuen Familie anfängt. Allerdings rief er seine vereinsamte Exe Sybille zu Weihnachten an, um Weihnachtswünsche zu übermitteln, und mit den passenden Worten ein Lächeln auf ihr verhärmtes Gesicht zu zaubern, auch wenn man selbiges durch den Hörer leider nicht sehen konnte.

„Du hast etwas Besseres verdient, als mich Volltrottel!"

Dann las ich über Til Schweiger, der mit seiner amerikanischen Frau bereits vier Kinder gezeugt hat, mit denen er am Strand von Malibu wohnt, wie einst Buzens Idol Jascha Heifetz.

Am Abend rief der Dimitri, ein alter Freund, an.

Der Dimitri schien sich fest vorgenommen zu haben, auf Banalitäten und Gemeinplätze zu verzichten, und sich als demütigen Bittsteller vorerst ganz hinten anzustellen.

„Wir geht es Dir!" breitete er großzügig eine üppige Erzählfläche durch den Hörer aus, die man mit Worten, Anekdoten und Jovialitessen aller Art füllen möge. *„Ich schenke Dir mein Ohr!" schien er damit aussagen zu wollen. „Ich habe alle Zeit der Welt!*

Ich sprach unter anderem davon, daß man die Leute immer nach dreierlei befragen müssen: Nach der Gesundheit, dem Glück in der Liebe, und ihren Finanzen. Der Dimka meinte, seine Gesundheit sei ganz gut, die Finanzen weitestgehend in Ordnung, und seine Liebe schwebe… und in den mehrdeutigen Worten über die Liebe schwangen für mein Ohr Nuancen feinster Wehmut mit, und natürlich hätte ich jetzt irgendetwas Floskulöses von mir geben können. Doch ich entschied mich für die Wahrheit und sagte: Meine Gesundheit sei mittelmäßig, ein Glück in der Liebe nicht in Sicht, und um meine Finanzen sei es kümmerlich bestellt. Aber das Wichtigste in meinem Leben ist in Ordnung: Meine Familie!

Sehr nett vom Dimitri fand ich, daß er zum Schluß gesagt hat: „Ich umarme dich ganz fest!"

Mittwoch, 8. Januar

Krustenschnee. Äußerst reizvoll

Heute träumte ich wieder äußerst verdrießlich, und vermeinte währenddessen, mich im Alltag zu befinden:

Ich sollte in einem Konzert die Chaconne von Bach spielen, und begann viel zu spät mit der Umzieherei. Die Digitaluhr zeigte bereits 19:28, und um 19:30 sollte das Konzert doch schon losgehen, und hinzu mußte man noch die Straße hinab zum Konzertsaal laufen.

Ich zog mich in dem engen Treppenhaus um, und im Nu hatte sich um meinen Koffer herum ein abscheuliches Chaos, bestehend aus Plastiktüten und zerknitterten Kleidungsstücken gebildet. Dem Friedel drückte ich meine schwarze Kellnerinnenbörse in die Hand, auf daß er darauf aufpasse. Zu zweit liefen wir eilig die Straße hinab, und am Laternenpfahl neben der Ampel stand eine von Ehrgeiz und Geltungssucht zerfressene junge Frau, die bis zum Wahn in ihren Freund Holger verknallt war, und sich wie eine Ertrinkende an seinen Hals gehängt hatte – solcherart, als wolle sie sich nie wieder davon hinweglösen.

Das Konzert, dem ich mit so großem Frack- und Muffensausen entgegengelebt hatte, fand in einem Wohnzimmer statt, und war für einen Behinderten als Therapie gedacht.

Im Spiegel sah ich in meinem roten Kostüm entsetzlich aus: Eine häßliche Strohdachfrisur, und eine unmögliche Figur leuchtete mir entgegen. An jeder Seite drei Speckröllchen, und der vom Opa gesponserte rote Minirock, in den ich mich in jäh aufgewalltem Jugendwahn hineingezwängt hatte, ließ sich nicht ganz schließen.

(Anblick von hinten. Jahre später nachgezeichnet)

Dann begann´s:

Jemand spielte selbsterfundene und leider wenig passende Begleitmelodien auf dem Keybord in meine Chaconne hinein, und hie und da wußte ich nicht mehr so genau, wie es weiter geht. Rehlein blickte ganz entsetzt auf mich drauf, und peinlich berührt malte ich mir aus, wie Rehlein mir nach dem Konzert fassungslos zuraunt, daß ich klanglich aber stark nachgelassen habe!

Zu diesen Verdrießlichkeiten erwachte ich in einen mattbläulichen Tag, und erhob mich schließlich.

Beim Frühstück erzählt Rehlein so lebhaft von unseren Nachbarn: Wie Frau Priwitz einfach unseren Zwetschgenbaum fällen ließ, weil sie gemeint hatte, er gehöre ihnen, und wie *Herr* Priwitz oftmals wie selbstverständlich im Baume saß, und unsere schönen Boskop Äpfel abgeerntet hat. Rehlein hätte zur Polizei gehen, und eine Anzeige aufgeben sollen, doch die Anzeige hätte Herr Priwitz als Polizeidirektor dann selber eintippen müssen.

Rehlein fuhr fort, und richtete den Fokus ihrer Erzählkünste auf das Stockwerk unter den Priwitzens: Nachdem Frau Rautenberg im Jahre 1981, im Alter von ebenmal 61 Jahren Witwe geworden war, haben Rehlein und Buz sich gedacht, daß sie sich ein bißchen um die sympathische alte Dame kümmern sollten, und nahmen Frau Rautenberg mit an die Nordsee. Frau Rautenberg hatte so viel Freude am Miteinander, daß sie ihr Leben fortan ganz in jenes der jungen Leute schmiegte. Doch dann schaffte sie sich ein kleines Hündchen gegen ihre Einsamkeit an, „und das hat ge--**stun**ken!" Ich seh´s noch heut´ von mir, wie Rehlein diese Worte aussprach.

Rehlein fuhr fort und erzählte, wie sie Frau Priwitz einst das Leben rettete:

Auf dem Tisch in der Priwitzschen Wohnstube stand eine Tasse Kaffee, aus der aromatischer Dampfnebel emporschwebte, und ins Nichts entschwand.

Diesen genussverheißenden Beginn eines soeben frisch aufgeblätterten Kalenderblattes, dessen Fortgang noch eine kurze Weile lang in den Sternen stehen sollte, wollte die alte Dame mit Zeitungslektüre abrunden, wobei sie vorallem Mordfälle, Ehe- und Familiendramen, Prozessberichte und Traueranzeigen im Visier hatte.

(Spreche ich hier unbewusst über mich selber?)

Nur leicht, mit einem dünnen Nachtgewand bekleidet, wollte sich die alte Dame die Zeitung aus der Zeitungsröhre holen. In der Nacht hatte sich jedoch eine Glatteisschicht gebildet, und Frau Priwitz, in flauschigen Pantoffeln steckend, glitt auf der Außentreppe aus, und das Nachtgewand fror praktisch augenblicklich fest. Niemand schien die Hilferufe einer alten Dame zu hören oder ernst zu nehmen.

Nur das rührende Rehlein zeigte ein Ohr für das dünne Stimmchen und eilte herbei. Mehr als *eine* Stunde lang schuftete Rehlein für die alte Dame.

Rehlein klingelte Sturm bei Frau Rautenberg, doch dort rührte sich niemand, da Frau Rautenberg, die gerne einen guten Tropfen trinkt, um diese Uhrzeit ihren Rausch auszuschlafen pflegte.

So stürmte Rehlein nach Hause, schürte das Feuer unter dem Wassertopf, und holte warme Decken herbei, um Frau Priwitz vor dem sicheren Erfrierungstod zu bewahren…

Wir sprachen darüber, wie man bereits vor vier Jahren davon sprach, wie es mit der Omi Ella nun wohl bald zu Ende geht. Doch damals wie heut hat kein Mensch mit der Zählebigkeit der alten Dame gerechnet.

Rehlein erinnerte sich, wie die Omi einst zu allem, was Rehlein am Herzen lag „Ach Unsinn!" zu sagen pflegte, und manchmal sagte sie: Ach, woher denn?"

Dies sagte sie beispielsweise, wenn das sensible Rehlein auf die Tierquälerei hinwies, die Omis Nachbarn sich mit ihrem Hund erlaubten, der oftmals einfach in den Keller gesperrt wurde, und laut und gequält bellte.

Rehlein und ich schauten „Brisant".

Am 2. Januar, als auch wir uns auf dem Flughafen aufhielten, verschwand ein 27-jähriger Student, der soeben geheiratet hatte, auf mysteriöse Weise.

Er wollte nur rasch das Auto aus dem Parkhaus holen, und kam nicht wieder, so daß wir uns nun ausmalten, irgendjemand könnte den Film „Spurlos verschwunden" nachgespielt haben? (In diesem Film verschwand eine junge Dame auf einem Autobahnrastplatz. Irgendjemand hatte sie unter einem billigen Vorwand in sein Auto gelockt, und fuhr mit ihr von dannen.)

Es klingelte an der Türe.

Frau Saathoff in ihrem todschicken Rinder-löckchenmantel beehrte uns. Freudig brühte ich Tee auf, und wir Damen machten es uns gemütlich.

Zunächst sprachen wir über die Dauermüdigkeit.

Frau Saathoff war immer müde, und dann verschrieb ihr der Hausarzt Schilddrüsenhormone, und davon wurde sie auch immer müd. Ich sprach davon, daß sie sich jemanden ins Haus holen müsse, an dem man seine Batterie wieder aufladen könne. Beispielsweise ihren kleinen Enkel Leopold, oder den Nachbarssohn Hendrick.

Doch der kleine Hendrick nervt Frau Saathoff, weil er jung und wunderfitzig ist, und immer alles wissen will. Lauter Dinge, die einen so jungen und unreifen Menschen gar nicht angehen.

Wir Damen erzählte und Klatschgeschichten. Z.B. jene, wie Frau Berke eine Weile lang im Rollstuhl fuhr, auch wenn sie kerngesund war. Doch sie sehnte sich nach Mitgefühl und Aufmerksamkeit.

Kurz bevor der Musikalische Sommer anbrach, entstieg sie dem Rollstuhl auf geheimnisvolle Weise, um sich mit Leidenschaft in die Festivalgestaltung einzubringen.

Ich erzählte, wie Ming und ich früher am liebsten alte Damen besuchten. Von den hinzugehörigen Opas jedoch hofften wir immer, die wären schon verstorben, oder zumindest nicht daheim.

Schweren Herzens löste ich mich nach einer Weile von der Teetafel, weil ich sonst so sesselträge geworden wäre.

Frau Saathoff blieb so zirka 45 Minuten lang und dann verabschiedete sie sich zum Zahnarzt, wo ihr heute ein Eckzahn repariert, beziehungsweise überkront werden sollte.

Auslosebedingt joggte ich zunächst im Schnee.

Zur Zeit scheint es mir so kalt und schubberig – doch vielleicht ist es auch der Hang zur Fröstelei aus Omis und Buzens Erbmasse die sich Bahn bricht?

Mittag aßen wir herrlich gewürzten Saitan mit Tiefkühlgemüse und Reis. Rehlein erzählte, daß die Omi keinerlei Verständnis dafür zeigte, daß Rehlein auch mal Bratsche über mußte, und auch die Omi Mobbl sah es nicht gern, wenn Rehlein übte, da Rehlein zwischen Küche und Kochtopf anderweitig gebraucht wurde.

Nach dem Essen schaut wir uns einen Film über Giftschlangen an, und erfuhren wie gefährlich die Wüstenviper sei, die beim schlängeln auf dem heißen Sand ganz verwunderlich ausschaute. Ein bißchen erinnerte es an einen Menschen, der mit dem großen Zeh ganz ungelenk über den Sand läuft, und dabei einen putzigen Eindruck hinterlässt.

Um 17 Uhr sah es draußen in der dämmernden Blässe so unglaublich schön aus. Rehlein hatte den Kandelaber entzündet, und der Kerzenschein spiegelte sich im Schnee. Über dem Dach des Nachbarhauses blitzte einen die Mondsichel schelmisch an.

Die Dunkelheit hatte Besitz vom Tagesrest ergriffen, und Rehlein und ich liefen in die Stadt. Wir betraten den Schreibwarenladen in der

Fußgängerzone, um eine Geburtstagskarte für die kleine Rukiye in Ofenbach auszusuchen.

Dem herzensguten aufmerksamen Rehlein war es ein inneres Bedürfnis, dem mutterlosen kleinen Mädchen zu schreiben, und so suchten wir sehr lange an einer hübschen Geburtstagskarte herum.

Es gab Karten für alle Altersgruppen, und sogar einen Ladenhüter hatte man ausgestellt: Geburtstagskarten für Hundertjährige! Unglaublich wär es, wenn Rehlein gleich vier davon aufgekauft hätte. Sogar für 95-jährige hätte es welche gegeben, so daß mich ein schlechtes Gewissen streifte. Ich dachte an den greisen Herrn Herberger, der dieser Tage 95 Jahre alt wird, und im Geiste schrieb ich der Franziska, daß ich Herrn Herberger aus Pietätsgründen nicht geschrieben habe, denn man möchte doch nicht immer an sein Alter erinnert werden, und schon gar nicht von einem jungen Ding, das noch mitten im Leben steht?

Im Buchladen Kortmann kaufte Rehlein sich ein Lehrbuch für Stenographie, denn Rehlein möchte Opas Karteikärtchen lesen.

Zum Schluß besuchten wir den Bioladen, und ich sprach wie selbstverständlich immer auf österreichisch mit Rehlein.

In der „Bild" gab's was Packendes zu lesen:

Daß Kanzler Schröder nämlich ganz böse geworden sei, als von einer Ehekrise, beziehungsweise einem Seitensprung seinerseits die Rede gewesen ist.

Na, wenn ihn dies nicht bloß noch verdächtiger macht! Wo jemand es doch aus sicherer Quelle weiß, oder zu wissen glaubt.

Donnerstag, 9. Januar

Sagenhaft schön. Schnee, klarer blauer Himmel und warmer Sonnenschein

Derzeit stecken wir in einer unfassbaren Kältewelle: Minus 8 Grad, und da es verschneit war, konnte man meine gutgemeinte Joggerei nur noch als zu belächelnde Hoppelage bezeichnen. Draußen war es noch nicht einmal richtig hell Doch bald darauf sah es so wunderschön aus, als der Tag in Form eines zartrosa getönten Horizonts so langsam herandämmer- bzw. –reifte.

Auslosebedingt begann ich einen Geburtstagsbrief an Frau Andreas die morgen 77 Jahre alt wird. Ich schrieb, daß ich sie so entzückend fände, daß ich ihr einen Platz sowohl in meinem Herzen als auch in meinem Hirn eingeräumt habe, so daß sie jetzt immer zweimal aufleuchtet, wenn die Rede auf sie geschwenkt wird.

Beflügelt hat mich heute, daß mein Brief aus China angekommen war, und obwohl ich ihn selber geschrieben habe, hatte ich das Gefühl, daß endlich mal Post gekommen war, und so fühlte ich mich deutlich fröher, als wenn kein gekommen wäre.

Im Hause duftet es so köstlich nach Rehleins schönem Hefekranz.

Sehr nett hatte das süßeste Rehlein der kleinen Rukiye zum Geburtstag geschrieben, und die bis an den Rand hin mit äußerst früchtebröternen Worten befüllte Karte lag nun in ein leuchtend gelbes Kuvert verpackt bei uns auf dem Tische. Rehlein möchte den Kindern etwas mitgeben, an das sie sich später zurück erinnern werden, denn Rehlein hat als Kind ebenfalls von einigen älteren Damen Wärme und Zuwendung erfahren. Zum Beispiel von der Lehrerin aus der ersten Klasse, als Rehlein die Neigung aufwies, immer beschämt und weinend wegzurennen, wenn sie etwas wußte – zumal der Unterricht in der Schule früher nur in examinierender Form abgehalten wurde:

„Wann hat Alexander Glasunow gelebt?"

„Blubb!" Tränen der Beschämung quollen aus den Kinderaugen.

„Ööööööh!! Das müsste wie aus der Pistole geschossen kommen!"

Ich begab mich zum Bioladen in der Popshoppassage, in den Rehlein mich entsandt hatte. Als ich bereits im Laden stand, trat der Biomann hinter mir zur Türe herein, und als er mich gewahrte, leuchtete er in seinem Glanze auf. Als seine wattige Ehefrau allerdings irgendetwas wattig nichtssagendes herabrief, erstarb sein Leuchten auch wieder, da die

Eheleute, bedingt durch das ewige Miteinander, eine ganz ausgehöhlte Ehe führen.

Sie sind einander überdrüssig bis zur Schmerzesgrenze, auch wenn ich beim Weggehen noch hören konnte, wie sie sachlich und höflich miteinander sprachen.

Hernach besuchte ich das kleine aber feine Kaffeehäuslein, das die Bäckerei Hippen in ihren stets so warm und heimelig beleuchteten Laden hineingeschmiegt hat, um die Bildzeitung bei einem Pott Kaffee noch besser studieren zu können.

Ich las über die bösen Gerüchte, mit denen die eheliche Treue von Kanzler Schröder unschön umweht wird. Scheinheilig, weil man über Schröders Erbosungsgrad direkt ein bißchen erschrocken war, schrieb der Reporter dem Sinne nach: „Wie geht seine kleine, tapfere Frau damit um?“

Schröders Exe Hillu hat möglicherweise mit einer englischen Journalistin geplaudert, wie nun zu lesen war, und nun geht ihr der ***** auf Grundeis (wie das Blatt das Unwort mit einem kleinen Feigenblatt verschämt verdeckte), und sie streitet es einfach ab. Doch wie dem Schröder dar erst der ***** auf Grundeis geht!

Um 16:11 Uhr war das Wetterlage - in zarten Sonnenschein getunkt – derart reizvol, daß ich Rehlein zu einem Spaziergang herbeitrommelte.

Leider fühlte ich mich leicht depressiv, doch ich bot all meine Kraft auf, um mich selber wieder fröhlich zu stimmen. Tapfer versuchte ich, mich am eigenen Haarbüschel aus dem Morast der Schwermut herauszuziehen, und so reagierte ich auf alle Vorschläge Rehleins mit einem begeisterten „Au ja!" All den Au Jaaa!s, die der süße Ming beim Lindalein so sehr vermisst hat.

Stramm marschierten wir los, da Rehlein immer gerne stramm marschiert (für mich fast zu stramm).

Rehlein sah in ihrer Pelzhaube allerliebst aus.

Zunächst befrug mich Rehlein, ob die Hilde Buz wohl mal zur Scheidung gedrängt habe, und fand dies unverschämt, ohne daß ich die Frage bejaht hätte, weil ich schließlich nicht dabei war.

Als wir an der Littfaßsäule vorbeiliefen, sprachen wir natürlich wieder über das Gesangswunder „Nicole" - eine nudellockige Schönheit, die dort seit Monaten im goldglänzenden Anzug, und mit einem verheißungsvollen Lächeln auf ihre Gitarre gestützt herum hängt. Ich erzählte Rehlein all das, was ich im Laufe der Jahre über die Nicole gehört habe: Daß sie nicht nur Heile Welt Schlager, sondern auch Zeit-kritisches sänge. Man könnte sich direkt vorstellen, wie sich die Nicole zum Ziel gesetzt habe, sich so allmählich vom Schlagerstar in eine verruchte Chansonette zu verwandeln.

Dann sprachen wir über George Neikrug, einen Cellisten aus den USA, der gar kein Ohr dafür gehabt zu haben schien, wie wunderschön der junge Ming, den man ihm, dem alternden Professor als Klavierbegleiter für sein Konzert in Ostfriesland zur Verfügung gestellt hatte, Klavier spielte. All das hatte der alte Gauch ganz selbstverständlich hingenommen. Doch ohne Mings unverdorbenes, leuchtendfarbiges und von der Genialität eines im Frühling des Lebens stehenden jungen Menschen getragenen Klavierspiels, wäre das altersknatternde Cellospiel doch wohl kaum zu ertragen gewesen?

Im Winter darauf kam zu Weihnachten ein Brief von ihm. Rehlein dachte, es sei ein Weihnachtsbrief, und freute sich schon. Doch der hartherzige alte Mann schrieb lediglich in beamtlichen Worten, daß er von vier Hospitanten seines in Ostfriesland abgehaltenen Meisterkurses noch Geld zu bekommen wünsche.

In einer Neureichenstraße hüpfte ein fröstelndes, von der Kälte aufgeplustertes kleines Meislein herum, und konnte kaum noch fliegen, weil es solch einen Hunger hatte, und nichts zu picken fand. Rehlein sprach zwei kleine Kinder darauf an, und die Kinder waren so nett und zutraulich. Fast hätten wir irgendwo geklingelt, und um Vogelfutter gebeten, doch stattdessen betraten wir eine Schleckerfiliale, um selber welches zu kaufen, da Rehlein ihr welkes Börsel in der Manteltasche ertastet hatte.

Die Kassendame dort hatte eine gepircte und punkig ausschauende Tochter, die mit ihrem Anblick schockieren und wachrütteln wollte, und allerdings genau so nett zu ihrer Mutti war, wie ich zu Rehlein, indem sie nämlich liebevoll auf die alte Dame einbusselte.

Vergebens suchten wir an schmackhaftem Vogelfutter herum, das man selber gerne naschen würde, wenn man ein Vöglein wäre.

Man wies uns auf das Vogelfutter hin, das bereits vor dem Laden ausgestellt war, und das wir einfach auf unachtsame Weise übersehen hatten.

„Sie müssen ja denken, wir hätten ne Meise!" lachte Rehlein verlegen.

Das Vöglein fanden wir bei Dunkelheit leider nicht mehr.

Wir liefen weiter, und ich erzählte Rehlein plastisch von unserem Verwandten, Herrn Hilgenberg, dem Friseur, der sogar schon mal künstlerisch auf dem Haupt von Frau Wyss herumgewütet hat, so daß man Frau Wyss kaum wiedererkannte – so vornehm sah sie hernach aus!

Dadurch, daß am Abend „Klinik unter Palmen" als Fernsehgenuss verhießen worden war, sprachen wir sehr anregend über den Professor Brinkmann (Klaus-Jürgen Wussow) und seinen verheerenden Frauengeschmack.

Am Abend schauten wir jedoch nur zehn Minuten lang daran herum, da uns der hohe Banalitätspegel voreinander geniert hat.

Zum Schluss lernte Rehlein noch die Geschichte über die wertvolle Mutterliebe aus dem Chinesisch-Lehrbuch auswendig. Die Geschichte handelte von einer bunten Henne, die ihre Brut derart glühend verteidigte, daß sie sogar einen Adler in die Flucht schlug, und selbst wenn der Kaiser von China gekommen wäre, so hätte er nichts zu lachen gehabt!

Diese Geschichte lernte Rehlein hauptsächlich aus jenem Grunde, weil sie sich in der Henne so gut wiedererkannt hat.

Freitag, 10. Januar

Sagenhaft schön. Bißerl Schnee

Der schrillende Wecker enthob mich dem Bettbehagen.

Beim Frühstück erzählte ich Rehlein vom jenem neuen Zahnarzt, einem geheimnisvollen Fremden, den sich unser Freund J. in seine Zahnarztpraxis geladen hatte, um dem Ansturm der Zahnkranken gerecht zu werden: Doch der weitherbeigereiste junge Herr mit Stirnglatze und zierendem Zwicker, hat sich auf das sog. „Dental Beauty" spezialisiert: Er pirct jungen Girls die Zähne, und klebt allerlei Glitzerpünktchen drauf, und unlängst hatte er im Wartezimmer Kärtchen ausgelegt, worauf der Interessierte Folgendes las:

Suche Haus,
möglichst mit schönem Garten
zur langfristigen Miete

Und aus dieser wahren, doch relativ uninteressanten Geschichte, die nicht unbedingt in einem Buch der Weltliteratur verewigt werden müsste, ließ sich alsbald etwas Substanzielleres herausweben: Denn kaum hat er ein Haus gefunden, so legt er auch schon ein anderes Kärtchen aus:

Suche Frau, möglichst Exotin,
zierlich, gehorsam, gerne mit Anhang

Dann sprachen wir über die Liebe, und wirbelten die seit Jahren im Raum stehende Frage auf, warum ich bloß nie verliebt sei? Rehlein grub bei der Suche nach einer Antwort an falscher Stelle, und sprach davon, daß sie wohl Fehler gemacht haben könne in der Aufzucht? Weil sie früher über einen Schwarm von mir gesagt haben will: „Igitt, der Chong Ren ist doch so häßlich!"

(Ein Schülerbruder Buzens)

Doch daß dies ein Schwarm von mir gewesen sein soll, war mir gänzlich neu. Gutmütig ließ ich Rehlein an der falschen Stelle buddeln.

Dann wiederum will Rehlein erahnt haben, ich sei als Jugendliche in Buzens Spezi Paul D., einen rumänischen Konzertpianisten mit Krönchen und nikotingelben Fingern verliebt gewesen – doch darüber konnte ich nur hohnlachen, denn mein Herz gehörte André Watts – einem gloriosen und weltberühmten Pianisten aus Amerika.

Buz und Rehlein reagierten damals äußerst gutmütig auf meine glühende Verliebtheit, auch wenn ihnen ein Schwarm aus der Nachbarschaft womöglich lieber gewesen wäre? Aus reiner Freundlichkeit, und um mir eine Freude zu bereiten, fuhren sie an einem naßkalten Novemberabend nach Musikschulschluß gegen 17:30 mit mir nach Münster ins Konzert von meinem Schwarm – nachdem der Opa mir zirka eine Woche zuvor, zu meinem 18.

Geburtstag eine Karte für das André Watts Konzert in Wien geschenkt hatte, das bereits am nächsten Abend stattfand.

Für Mobbl und mich ein unvergessliches Erlebnis!

Verzückt saßen wir auf der Empore – solcherart wie einst Liz Taylor im Film „Symphonie des Herzens", als James Guest so überwältigend Rachmaninoffs zweites Klavierkonzert darbot.

„Bravo, BRAAAVO!" möchte man mit tränenüberströmten Gesicht ausrufen….

Leider konnte das Konzert in Münster mit dem in Wien nicht konkurrieren, so daß Buz & Rehlein die Schwärmereien, die ich zuvor von früh bis spät von mir gegeben hatte, im Nachhinein wohl etwas übertrieben fanden?

„Sie scheint da ganz durch die rosarote Brille zu hören!" dachte ich so viele Jahre später mit Rehleins Kopf gutmütig spöttelnd und nachsichtig lächelnd über mich.

Doch all dies ist lange her. André Watts ist ein alter Mann geworden, dessen Lebensweg sich meinen Blicken gänzlich entzogen hat.

In der Fußgängerzone begegnete ich im Sonnenschein einem kleinen Pulk an Bekannten.

Herrn Wader, der an einem Stehtischlein mit einem befreundeten Ehepaar einen Kaffee zwitscherte.

Wo ich die Weihnachtsvakanz verbracht habe, zeigte man sich allgemein interessiert.

„In China!"

„Aha, in Kiel!" übersetzte Herr Wader meine Worte gutmütig für das Ehepaar.

Später:
In glitzerndem Sonnenschein joggte ich auf der Ostfrieslandpromenade.

Auf dem Heimweg traf ich den rotgeblasenen norddeutschen Opa, mit dem ich leicht befreundet bin. Einen Herrn mit großen, ebenfalls gänzlich rotgepusteten Segelohren, und seinem Hund „Anka", so daß ich diesem kleinen Gespann zur Huld eine Weile lang stehen blieb.

Ich scheine einen gewissen Plauderschwung in dem ansonsten wohl eher wortkargen Herrn auszulösen, und beim Plaudern bespritzte er mich leicht mit Spucke, doch ich dachte mir: „Was soll´s?! Es ist so bitterkalt, und der alte Mann scheint von der Grippe verschont worden zu sein?"

Er referierte darüber, wie *anders* doch die Jugend von heute sei, und daß man heutzutage nicht mehr lernen möchte, da Faulheit und Drögnis bei der Jugend leider hoch im Kurs stehe. Die kleine Anka, zum Stillstand verdammt, fror erbärmlich und jaulte zuweilen laut auf. Doch die hohen Töne hat der alte Mann womöglich gar nicht mehr gehört.

„Bringen Sie Ihr Hündchen schnell nachhause! Es friert erbärmlich!" rief ich mitfühlend aus.

Nach dem Mittagessen wanderten Rehlein und ich im Sonnenschein zum Kanal, um nach unserem Vöglein zu schauen. Tatsächlich hüpfte unser kleiner

Vogel dort herum, und nicht genug damit: Wir lernten auch noch einen Herrn mit Sohn kennen.

Rehlein schüttete dem Knirps etwas Vogelfutter in seine geöffneten Händchen, und der kleine Junge freute sich so sehr darüber, ein kleines Vögelchen verwöhnen zu dürfen.

Im Zeitungsarchiv der „Ostfriesischen Landschaft" schaute ich mir ein Foto von Irma Beyer geb. Meyer (1888 – 1994), der ältesten Frau auf dem Auricher Zentralfriedhof an, (aufgenommen am 106. Geburtstag) und wurde davon ganz depressiv, weil die arme alte Dame an ihrem Jubeltag so trostlos verdörrt ausgeschaut hat: Schlohweißes halblanges Haar, und in dem uralten, verwitterten Gesicht konnte man gar keine gescheite menschliche Regung mehr ausmachen. Seit zehn Jahren reif für die Scholle.

Später mußte ich noch viel an diese uralte Frau denken, die einfach nicht starb, und somit als lebende Leiche, die seit Jahren auf den Friedhof gehörte hätte, noch ewig lang herumsaß. Ein grausames Geschick, und ich hatte naiv gemeint, man könne vielleicht lesen, daß das eine humorvolle alte Dame sei? Worte, die einst über die 111-jährige Bertha Lindemann aus Wolfenbüttel zu lesen waren.

Später saß ich eine Weile lang im Zentralcafé, doch es war bereits ziemlich dunkel, so daß das Fräulein mir die pilzförmige Lampe am Fenstersims angeknipst hat. Ich saß im Schein der Lampe am Fenster, und blickte gedankenversunken in mein eigenes Gesicht, das sich leicht verwaschen in der Schwärze der Nacht spiegelte, und dachte an Rehlein, und wie das wohl wäre, *wenn ich als letzter Gast hier oben schlicht vergessen würde? Die müde Bedienstete schließt ab, und begibt sich in pfeifendem Winde und beginnendem Schneesturm zum Parkplatz –* und welch schreckliche Sorgen sich das süßeste Rehlein wohl um mich machen würde?

Abends daheim:

Ich schmiegte mich an Rehlein, und wir erlebten es hautnah mit, wie der Professor Brinkmann in den Armen von Gaby Dohm unter Palmen den Filmtod starb. In der allerletzter Minute erlitt er einfach einen Herzinfarkt und starb, und hernach war die Geschichte aus. Einen noch banaleren Schluß hätte man sich kaum ausdenken können.

Buz rief aus Trossingen an, wo er soeben inmitten einer feuchtfröhlichen Geburtstagsfeier stak, und klang so nett und überrascht, mich zu hören - so als habe er mich ganz vergessen gehabt.

Sonntag, 11. Januar

Weißwölkig

Immer noch kämpfe ich gegen eine unbestimmte Morgendeprimanz, die sich wie eine dicke Wolkendecke um meine Fröhe gelegt hat. Früher war ich dazu außerdem noch schrecklich lahm und müd - zu lahm, um den Schmerz an mich heranzulassen - doch das bin ich jetzt nicht mehr, und so kommt mir die morgendliche Deprimanz noch anstrengender vor.

Beim Frühstück sprach ich mit Rehlein über Irma Beyer, die einfach vom Tode vergessen wurde.

Auf dem Foto, so schilderte ich plastisch, habe sie ausgesehen, als habe der Tod sie bereits angeknabbert, dann jedoch aus bisher unbekannten Gründen von ihr abgelassen.

Rehlein schaute höchst besorgt auf die tiefe Kerbe, die Mings Selbstporträt an der Wand auf meinen Nasenrücken gehauen hat, und die ausschaue, als würde sie schlimmer werden:

Vor einiger Zeit hatte ich mich über das kleine Schmuckkästchen unter dem zierend an der Wand hängenden Portrait gebeugt, und als ich den Kopf wieder in die Höhe bog, hieb ich damit unbeabsichtigt das Portrait von der Wand, das einen Purzelbaum in der Luft schlug, und mir beim Herabdonnern eine Kerbe auf dem Nasenrücken hieb.

„Am Montag gehst Du damit zum Dr. Schleß!" beschied Rehlein.

Das Telefon schrillte. Herr Großmann war´s, der zunächst ein paar Worte mit Rehlein austauschte.

Leider tendiert Rehlein dazu, am Telefon zuweilen etwas förmlich zu klingen.

„Franziska!" rief sie wie eine Lehrerin.

Und nun plauderte ich angeregt mit dem Telefonatoren: Ich erfuhr, daß es bei denen im letzten Quartal der Schwangerschaft zur Zeit leider streßvoll zugeht.

„Ist nicht so schön!" sagte der sensible Achim. Der Bauch sei so dick, und nun wünscht man sich immer dringlicher, daß sich der Inhalt dieses Bauches bald mal zeigen möge. Sogar mit der kleinen Judith sprach ich, und die Judith zählte mir lustvoll auf, was sie wohl zu Weihnachten bekommen habe?

Einmal sagte sie etwas störrisch auf rheinländisch zu Vati Achim: „Jetzt bin ich dranne!"

Bald darauf kam Frau Meyer.

In der Küche nahm sich Frau Meyer ein Herz, und bot dem weiterbeigereisten Rehlein kurzerhand das „Du" an, das ihr im Umgang mit Buz und mir doch bereits so selbstverständlich über die Lippen geht. Doch zu Beginn ihrer noch frischen Laufbahn als Duzfreundinnen machten es die Damen häufig falsch. Nicht weil sie es vergessen hätten, sondern wegen der leicht verqueren Rang- oder Hackordnung, die nun etwas windschief in der Küche stand, und auf diese Weise in der Natur womöglich gar nicht vorgesehen ist? Frau Meyer als Ältere und Reifere, und Rehlein als Brotherrin?

Traditionsgemäß tranken wir zunächst Tee, und erfuhren, daß Frau Meyer Puppen sammele, und zum Geburtstag somit immer Puppen geschenkt bekommt. Die ganze Wohnung sei bereits voll damit.

Rehlein geriet in Plauderschwung und erzählte von ihrer Unschlüssigkeit, ob sie wohl gelegentlich nach Ofenbach reisen, oder lieber hier bleiben solle?

Eine Entscheidung, die ihr vor vierzig Jahren wohl keine Pein bereitet hätte.

„Ich gehöre zu dem Mann den ich liebe!" dachte Rehlein damals fast pathetisch.

Rehlein plauderte vor Frau Meyer dran direkt ein bißchen aus dem Nähkästchen.

„Der fühlt sich am wohlsten bei seinen Schülerinnen!" lachte Rehlein, nachdem die Rede auf das Thema ihres Lebens, ihren Mann, geschwenkt worden war.

„Himmelst du deinen Mann auch noch an?" frug Rehlein neugierig.

Worte über die Frau Meyer nach all den Jahren nur noch lachen kann.

Heute kam eine Mahnung vom Finanzamt, und dabei hatte Buz den ohnehin unverschämten Betrag von 200 € doch bereits ordnungsgemäß überwiesen.

„Die könnten ruhig mal „Danke!" sagen!" verdross sich Rehlein an der Beamtenschaft, und es fehlte nicht viel, und Rehlein im Rahmen ihres Dalton-Syndroms hätte denen einen geharnischten Früchtebrotbrief getippt.

„Na die sollen mich kennenlernen!"

Frau Meyer saß noch eine Weile bei uns am Frühstückstisch, und die Damen waren sich einig darin, daß es ein Unfug wäre, daß die Kinder in der

Schule Englisch lernen noch ehe sie richtig Deutsch sprechen.

Wenig begeisternd waren die Themen beim Mittagessen, da es bald Krieg zwischen dem Irak und den USA geben soll, wie Rehlein im Mittagsmagazin gehört hat, so daß man immer gar nicht weiß, ob es sich überhaupt noch lohnt, nach dem Essen mit seinen Studien auf der Violine fortzufahren, oder sonst eine Tätigkeit aufzusetzen?

Wir schauten „Brisant" und erfuhren, daß „der Spitz" am Aussterben sei. Und tatsächlich war mir die Existenz des beliebten Haushundes vollkommen entfallen gewesen, und nun lag ich Rehlein damit in den Ohren, daß ich einen Spitz haben wolle, weil mir diese spezielle weiße Farbe so sehr gefällt. Es gibt nur noch wenig Züchter, aber eine der wenigen Züchterinnen pries die Vorzüge des Spitzes: Er sei langlebig und nicht wetterempfindlich. Doch das Verdrießlikum, daß er gern, lang, laut und blechern kläfft, kehrte sie einfach unter den Teppich.
Dies merkt der Spitzbesitzer erst, wenn er den Hund bei sich zuhause installiert hat. Ich machte Rehlein das Gekläffe gutmütig vor, weil ich es plötzlich so possierlich gefunden hätte, wenn hier ein kleiner Spitz herumhüpft und Freude verbreitet.

Der Friedel am Telefon verkündete, daß er das Gefühl habe, in diesem Jahr noch zu heiraten, auch wenn zur Stund noch keine geeignete Kandidatin gefunden ist.

Montag, 12. Januar

Schneeverkrustet.
Abends, als ich den Biomüll hinausbrachte
wurde es äußerst ungemütlich,
da ein kühler Regen aufpeitschte

Zum Frühstück rief die Tante Uta aus Grebenstein an, weil sie soeben dabei war, Zimmer für ihre Brüder zu reservieren, und nun nach Buzens Übernachtungsvorstellungen frug.

Noch immer ist unklar, ob Rehlein und ich überhaupt zum 90. Geburtstag reisen, denn vielleicht wäre es Omis letzter großer Herzenswunsch, ihren Wurf nochmals in seiner reinen Form zu genießen. Es soll noch einmal so sein wie früher!

Ohne Anhang!

Ein in-Grebensteinsein (Worte wie von Buzens griechischer Freundin Ciara, die einst auf eine Einladung Buzens zum „Musikalischen Sommer" hin schrieb: „Der Gedanke an ein Sich-Dortbefinden freut uns sehr!"), auch wenn's zu einem großen festlichen Anlaß ist, will gut überlegt sein. Man muß sich schön anziehen, und weiß dann erst recht nicht, ob die Aufmachung der Familie taugt?

„Du mußt dich noch zurechtmachen, Mädchen. Wahr haftig!" heißt´s womöglich – *diesmal jedoch von Utelchens Lippen, da die Omi leider nicht mehr so gut sieht.*

„Hast du denn nichts einigermaßen Anständiges dabei?"

Dann sitzt man lange unbequem herum, bis man einen ganz plattgesessenen Po bekommen hat, und einem ganz stickig zumute geworden ist.

Außerdem stellte ich mir vor, *wie das Utelchen jetzt so nett die Zimmer organisiert, und dann poltert der Onkel Eberhard gleich los, weil sie seinem Empfinden zufolge mal wieder nicht nachgedacht hat? Und man redet die ganze Zeit in variierender Form darüber, wie man es <u>eigentlich</u> hätte machen sollen.*

Rehlein riet dem Utelchen, eine Reservierung für uns vorerst außer acht zu lassen, denn man ahnt schon, wie die Uta uns die falschen Zimmer reserviert, und dann darauf beharrt, man habe es ihr so und nicht anders aufgetragen.

Rehlein war so mitfühlend und freundlich mit dem Utelchen, als sie erfahren mußte, daß Utelchens geplante Überraschung (ein Überraschungsbesuch bei der Omi) leider danebengegangen sei.

Frau Reimich, die Reinmachefee sei es gewesen, die sich verplaudert hatte: „Nächste Woche wartet Frjeude auf Sie!"

„Biddö??"

„Tooochter kommt!"

„Ach Unsinn!"

„Dooch, Sie wjerden sehen!"

Aber die altersgrämliche Oma kann man ja ohnedies kaum noch überraschen, und im Grunde schaut´s hinter der Fassade so aus, daß es die Oma nicht haben kann, wenn das Mädchen da ist, während die Uta leider so ungern in Grebenstein ist.

Doch ähnelnd mir liebt die Uta ihre Mutti mehr als alles auf der Welt, und reist – ihrem Ungern-in-Grebenstein-sein – diametral zur Gegenhuld*, gern zu ihrer Mutti.

*Über diesen Satz habe ich mal wieder nicht nachgedacht

Montag, 13. Januar

Pünktchengeschniesel. Sehr trübe

Draußen pfiff ein eisiger Wind, und dünnpfiffartige Schwallregenschauer peitschten über Ostfriesland.

Nach einer Weile klingelte der Wecker, und im Morgengrauen freute ich mich auf allerlei: z.B. auf unser „Licht im Dunkel", sprich, die beleuchteten Nachbarsfenster, die ich als Symbol „keimenden Lebens" empfinde, auch wenn es der hohen Seniorenlastigkeit der Nachbarschaft zufolge vielleicht eher als Symbol „noch vorhandenen Lebens" interpretiert werden sollte? Durch´s Küchenfenster blickend, konnte man sich in der Ferne sogar noch an der Weihnachtsbeleuchtung in einem anderen Fenster ergötzen.

Um Punkt acht begann ich mit meiner Überei. Doch ich muß gestehen, daß meine Arbeit von Zweifeln begleitet wurde, zumal ich das Werk

(Kläuschens Bach-Sonate) so sonderbar fand. Ich stand da, übte ein befremdlich klingendes Werk, und molestierte damit Rehleins Morgenschlummmer.

Heute absolvierte ich einen äußerst disziplinierten Tag, und Pate bei diesem löblich´ Treiben stand die Stephanie, ein Fräulein mit langen, dunklen wehenden Haaren, das im Hause gegenüber lebt, und wie alle Tage zeitig das Haus verließ, um sich mit dem aufgespannten Schirm gegen die Härsche des Wetters zu stemmen. Ich stellte mir vor, wie sie ins Büro fährt, und dort brav ihre Arbeit erledigt.

Und von diesen Vorstellungen beflügelt, fühlte auch ich mich wie eine emsige Arbeitnehmerin.

Bald jedoch galt´s auch schon, die Frühstückspause mit Rehlein zu zelebrieren, und hierfür stellte ich mir vor, wie auch im Büro nun zum vormittäglichen Tee getrommelt würde.

Nach einer Weile kam Herr Brahms, Buzens Lebensversicherungspatron zu Besuch, und brachte einen großen Versicherungsaktenordner für Buz mit.

Herr Brahms war so nett, und lachte herzlich über die kleinen Albernheiten von uns Damen.

Wir sprachen über Paul Anger, der über einen Zeitraum von mehr als zehn Jahren immer bei Buzen angerufen hat, um sich als Dirigent für den Musikalischen Sommer zu empfehlen, und inzwischen ziemlich verärgert sei. Von der Veronika hatte ich jedoch erfahren, was für ein schrecklicher Mensch er sei – und die arme Veronika habe im

Orchester immer so sehr unter ihm gelitten. Beispielsweise der scheußlichen Laune, die er in die Proben mitzubringen pflegte, und ich erzählte Rehlein, daß der grantige Wiener Paul Anger ein Typ sei, zu dem man nach zehn Jahren endlich mal sagen müsse: „Wissens wous? Lecknes mi am Oarsch!"

*Wissen Sie was? Lecken Sie mich am ***** Füüüüüüüü!

Oder aber ich sage ihm: „Ich habe meinem Vater dringend davon abgeraten, Sie zu engagieren, weil meine Freundin Veronika im Orchester so sehr unter Ihnen gelitten hat!" Plötzlich konnte ich es gar nicht mehr erwarten, daß Paul Anger endlich wieder anruft, und wenn er jetzt anriefe, so könnte ich sagen: „Herr Anger, ich wußte, daß Sie es sind!"

Rehlein und ich schauten „Brisant", und es ging um die Kälte in Rußland: Das Thermometer dort zeigte mehr als minus 30C°, und in den Wohnungen minus 15C°, und an einer Stelle war in einer Wohnung eine Glatteisschicht auf dem Boden zu sehen. Unter einer Pelzhaube verbarg sich eine Frau, die so ausschaute, wie die Edith in Grebenstein. Eine nette Frau wie Du und ich – von Väterchen Frost mit eisigen Händen unschön angegrabscht.

Ich dachte: „In so einem Fall stirbt man doch lieber!"

Am Abend telefonierte ich mit den Reichmanns, einem alten Ehepaar, das ich bei einem Spaziergang am Gaugersee kennen- und lieben gelernt habe, und war ganz begierig, daß Rehlein hört, wie sich meine

Freunde anhören. Frau Reichmann hob ab, doch der Jubilator *Herr* Reichmann, der heute seinen 75. Geburtstag feierte, war grad beim Rosenkranzbeten in der Kirche, weil ein Herr in seinem Bekanntschaftsradius überraschend verstorben war.

Am Abend telefonierten wir ganz lang mit dem süßesten Ming.

Ming hat heut eine Französisch-Klausur geschrieben, von der nur zu hoffen ist, daß sie gut war.
Darin sollte Ming seine persönliche Meinung zum Thema „die Arbeit der Frau" niederschreiben.

Natürlich dürstete es den verliebten Ming, über seine neue Liebe zu sprechen.

Auf rührende Weise sagte Ming, daß er beim Blick in den Spiegel zuweilen denken würde: „Bin ich nicht ein wenig zu alt für meine Julia?"

Nach einer Weile war Herr Reichmann aus der Kirche zurückgekehrt. Ich gratulierte zum Geburtstag, und Herr Reichmann freute sich unglaublich, daß ich an ihn gedacht habe. Sogar zu meinem Violinspiel äußerte er sich schmeichelhaft: Man höre keinen Unterschied zu *der Mutter*. Dies höre sogar er als Laie. „Bloß hat *die* den Namen!" rief Herr Reichmann lachend aus.

Herr Reichmann wollte ganz viel über China hören, denn für ihn und seine Frau sei dies eine ganz fremde Welt. So weit weg, daß man gar nicht daran denken kann, ohne seine Gedanken hoffnungslos zu zerdehnen, denn so weit reichen selbst die kühnsten Gedanken nicht.

Ein Nachbar von ihnen, ein frommer Mann, war mal in China um zu missionieren, und starb dort.

Dienstag, 14. Januar

Grau, windig und verschneit

Im Morgengrauen war´s genau wie gestern: Sogar die selben Fenster waren erleuchtet. Z.B. das Fenster von der Stephanie, in dem eine große Mondlampe hängt.

Frühstück mit Eri:
(*Worte, wie aus dem Tagebuch von Thomas Mann)
Sabine Lange, die Moderatorin in der Radio- matinée machte auf mich so einen deprimierend nüchternen Eindruck. Mit der kühlsten Stimme, die man sich überhaupt nur vorstellen kann, sagte sie nüchtern klingende Worte zu den Meisterwerken, und ließ die vereinzelten Werke gar nicht gescheit ausklingen, indem sie nämlich immerfort mit ihrer nüchternen Stimme etwas dazu sagte.

Ich machte Rehlein vor, wie ihr Freund gestern an ihr herumgeknabbert hat, doch sie schob ihn ganz unwirsch beiseite, weil sie ihr Skript für heut noch fertigstellen mußte.

„Morgen um neun bin ich schon auf Sendung. Komm, laß das bitte!"

„Da muß man sich beschweren!" sagte Rehlein so süß wie einst der Opa.

Im Nachbarsgarten bei den Oettkens sah man einen jungen Mann aufblitzen, und ich sprach davon, daß man sich den genau merken müsse, da er das alte Ehepaar in der Nacht vielleicht ermordet hat?

Doch es ist gar kein Ehepaar. Es sind Geschwister! wußte Rehlein, und wie schon so oft, sah man den alten Herrn aus seinem Waschküchenfenster auf uns drauflugen. Wenn er merkt, daß wir ihn sehen, so schiebt er schnell die Gardine wieder vor. Er schaut stets frei von Wertung und Mißbilligung auf uns drauf, da er sich einsam fühlt. Seine Schwester ist immer sehr agil, und sagt im übertragenen Sinne: „Geh! Schläich di! Such dir doch endlich mal ein gescheites Hobby!" Doch dem geistig leicht behinderten Herrn fällt leider nichts ein.

Mittwoch, 15. Januar

Unauffällig bleich

Ich erhob mich mühsam, und Rehlein rief fröhlich vom Treppenhaus herauf, daß Post für mich gekommen sei.

Ein Dekan aus Hamburg schickte mir einen Kirchenmusik-Prospekt, wenn auch nur einen ganz dünnen und hatte noch so nett ein Pickerl mit freundlichen Grüßen dazugepappt.

Außerdem erinnerte mich die Rentenversicherung, an Worte Buzens: Daß ich eine Versicherung mit Anpassung haben wollte. Schon nach knapp einem Jahr müssen 6,5% angepasst werden, wurde ich brieflich mit strengen Worten an der Schulter gepackt und durchgerüttelt.

Rehlein & ich sind von der Idee abgerückt, zum 90. Geburtstag zu reisen, und so mußte Rehlein nun in den sauren Apfel beißen, und unseren sensiblen Onkel Hartmut damit konfrontieren.

Rehlein tippte dem Onkel eine Mail, von der man aber nicht weiß, ob der Onkel sie überhaupt liest, denn über Onkel Hartmuts E-Mail-Tätigkeiten ist wenig bekannt.

Dann freuten wir uns im Rahmen unserer Einsamkeit über das Auftönen des Telefons. Frau Schulze war´s, und mit ihrer mittlerweile dunkel getönten Seniorenstimme sprach sie auf Tan- oder Großtantenbasis zu mir: „Was heißt denn „Hallo?" auf chinesisch" zeigte sie sich interessiert.

„Ni hao!" sagte ich in einwandfreiem Chinesisch. „Siehste! Da haste wieder was gelernt!" sagte Mutti Schulze. Dann aber plauderte sie ganz lange mit Rehlein, da Frau Schulze immer sehr drum bemüht ist, diese Freundschaft unter reifen Frauen zu vertiefen.

Rehlein wollte wissen, was ich heut vorhabe, doch mir fällt es immer schwer, auf Fragen dieser Art eine befriedigende Antwort zu finden, da ich meine Tätigkeiten erst auszulosen pflege.

„Wenn du mich gleich Geige spielen hörst, so habe ich eine gerade Zahl ausgelost!" verriet ich – und tatsächlich hörte man mich bald darauf emsig üben, um mein Violinspiel gründlich zu verbessern.

Rehlein hämmerte einen Rundbrief an die Verwandtschaft in den Computer, und leitete das Rundschreiben gleich mit einem großen literarischen Paukenschlag ein: „Ich möchte der winterlichen Briefebbe mit einem Brieftsunami begegnen!" schrieb das süßeste aller Rehleins.

Später besserte ich Rehleins Brief an den Onkel Hartmut aus, denn Rehlein hatte ein Szenario geschildert, von dem einem angst und bange werden könnte: „So viele Menschen und keine Spülmaschine!" schrieb Rehlein händeringend und um Verständnis werbend, daß sie, die sonst so Agile, offenbar den Arsch nicht hochbekommt, um zu Omis 90. zu reisen?

Dann verbesserte ich einen Satz, der für mein Ohr viel zu nüchtern klang. Haben wir nicht erst gestern von Sabine Lange gelernt, wie man es nicht macht? „Wolf kommt vom Süden!"

Ich hauchte diesem beamtlichen Satz Wärme und Leben ein: „Mein liebstes Wölflein, der beste Ehemann und süßeste Papa der Welt, reist extra zu diesem bewegenden Jubeltag seiner geliebten Mutter aus dem Süden herbei."

Rehlein war so begeistert, daß ich ihren Brief gewärmt hatte, aber auch von meinem Glückwunschbrief an die Omi, den sie einfach für die Verwandtschaft abgetippt hat, auch wenn er vielleicht stellenweise ein wenig despektierlich wirkte?

Ich schrieb der Omi, daß es in jenem Laden, wo wir diese Geburtstagskarte gekauft haben, sogar vier Karten für Hundertjährige gab, und ich so gerne eine gekauft hätte, obwohl ich gar nicht weiß, was man den Hundertjährigen noch groß wünschen solle, außer vielleicht einer paradiesischen Zukunft?

Doch dann dehnte ich die Gedanken noch weiter aus und schrieb, wie es dann wohl so sei, wenn man an der Himmelspforte angelangt, und der heilige Petrus, statt einen willkommen zu heißen, Worte macht wie diese hier: „Jetzt nennense mir mal bitte EINEN Grund, warum ich sie hier hereinlassen sollte?"

„Ich habe stets fleißig und regelmäßig die Sendung vom Pfarrer Fliege geschaut!" könnte die Omi beispielsweise anführen, „auch wenn ich bereits alt und gebrechlich bin – bzw. WAR*, und kaum noch aus den Augen schauen konnte!"

*denn im Himmel, so heißt's, würden all diese Verdrießlichkeiten einfach abgestreift, um paradiesischem Behagen Platz zu machen –

Doch wenn man recht darüber nachdenkt, so findet man eigentlich kaum einen Grund. Auch wenn die Omi in ihrem langen Leben tausendundein gut´ Ding gedreht haben mag – bei Petrus ziehen die alle nicht. Verstehe dies, wer kann!

Ich trug den Brief an die Oma in die Stadt, doch nun störte es mich plötzlich, daß ich ihn in ein blaues Kuvert gebettet hatte. – „Weiß man denn nicht, was ein blauer Brief bedeutet? Will man damit womöglich andeuten, daß die Versetzung ins neue Lebensjahr gefährdet sei? Will man damit vielleicht aussagen: „Omi es reicht!"? Zwischen den Zeilen schimmert doch wohl sehr deutlich die Botschaft des Briefes durch: „Es rahaicht!"" (Dies und mehr dachte die Omi in mir höchst verdrossen und gekränkt – und dabei hatte ich all den Unfug doch nur in postjuvenilem Übermut niedergeschrieben.)

Rehlein hatte in ihrem Früchtebrot anklingen lassen, daß man die Omi aber sehr gerne mal wiedersehen würde! „Woll'n w'rs hoffen, daß sich die Omi bis dahin noch wacker hält", hoffte Rehlein brieflich in launig hessischer Mundart.

Doch ich weiß nicht so recht, ob es in Omis Sinne ist, dies noch zu hoffen? Vielleicht wäre es besser gewesen zu schreiben, daß man wünschte, die Omi würde beim nächsten Besuch in Grebenstein dort liegen, wo sie seit einiger Zeit hingehört, und wo sie gewiss besser aufgehoben wäre: Auf dem Gottesacker, und in unseren Erinnerungen.

Dies sagt sich alles so leicht – doch in Wirklichkeit würden wir die Omi gern behalten.

„Ein Wechselbad der Gefühle!" spricht wiederum Ute M. in mir.

Die BILD am Knollennasenkiosk widmete sich in ihren plakativen, ins Auge springenden Schlagzeilen dem Pavarotti, der einen schweren Schicksalsschlag einstecken mußte: Der große Tenor wurde vom Schicksal in seiner Erbarmungslos- und Boshaftigkeit gnadenlos gewatscht: Seine neue Freundin Nicoletta bekam Zwillinge, einen Jungen und ein Mädchen, und der Junge kam tot zur Welt.

Mit diesem bekümmernden Wissen gestopft saß ich sehr gemütlich im Zentralcafe, und das eine junge Servierfräulein hat meine Gewohnheiten bereits verinnerlicht.

Doch heut variierte ich meine Normbestellung leicht, bestellte mir ein Mandelhörnchen zu meinem Teegenuß hinzu, und las – in Behagen eingebettet – eine ansprechend geschriebene Reportage in der „Brigitte" über eine Familie, die von Fernweh getrieben, nach Kanada auswanderte….

Nach der Lektüre begab ich mich – ebenfalls von leichtem Fernweh getrieben, zurück an den schönsten Ort der Welt, der auch im fernen Kanada nicht zu finden ist: Den Mutterbusen.

D.h. Da die Familie ihre Mutter ja mitgenommen hat, findet sich auch dort der beste Ort der Welt – doch daß man hierfür alles hinter sich lässt?

Wieder trat mir mein Leitspruch in den Kopf. Worte von der Tante Theres von Ludwig Thoma, gesprochen und gefallen um das Jahr 1880 herum: „Bleibe im Lande und nähre Dich redlich!"

Abends fuhren Rehlein und ich nach Moordorf, da der hiesige Fitnessklub renoviert wird, um in Bälde schon in neuem Glanz eröffnet zu werden.

Heute lernte Ming das bezaubernde Fitnessfräulein „Feeke" kennen. Die Feeke war so freundlich wie eine kleine und feine Märchenfee, und reichte Rehlein zur Begrüßung herzlich die Hand.

Zum Abendessen schauten wir einen Film über Walrösser an: Tiere mit ganz langen Schneidezähnen, die über das Haupt hinweg in die Tiefe hinabragen. Hinzu sind sie in einer zehn cm dicken Fettschicht verpackt, so daß ich mich im Falle einer Wiedergeburt im Korpus eines Walrosses doch ziemlich gefangen fühlen würde. Andererseits schütze die dicke Fettschicht wunderbar gegen die klirrende Kälte der Meere in der Nordhalbkugel, wo das Walroß beheimatet ist.

Donnerstag, 16. Januar

Hie und da glanzloser,
aber sehr reizvoller blauer Himmel.
Nachmittags war der ganze Schnee verschwunden

Omis großer Tag!
Heut vor 90 Jahren wurde den Eheleuten Bode in Malsfeld ein kleines Töchterlein geschenkt. Es war bereits das sechste Kind, und böse Zungen könnten jetzt natürlich ausrufen: „Nichts brauchten die Eheleute Bode zum damaligen Zeitpunkt weniger als noch ein sechstes Kind!" Und doch freute man sich sehr über das kleine Ellalein, und man war immer so

lieb zur Oma – hatte mir die Oma im Rahmen der Rückblicksphase einst gerührt, und in Erinnerungen badend erzählt.

Zu Tagesbeginn saß ich mit einer Tasse dampfendem Carokaffee zu Tisch, und las in meinem packenden, so überaus anschaulich geschriebenen Selbstmordbuch von Hans Girod den Fall eines jungen Mannes der eines morgens verhaftet wurde, weil er im Verdacht stand, seine Ehefrau ermordet zu haben.

Hernach durfte er erstmal einige Jahre hinter Gitter entspannen. Seine Ehe war leider ganz unglücklich gewesen, und seine Kumpels pflegte er zu sagen: „Meine Frau und ich waren 25 Jahre lang glücklich, dann lernten wir einander kennen!"

Schade, daß Rehlein nicht mehr Bratsche spielt! Ich hätte es mir sooo schön vorgestellt, wenn Rehlein die Gesellschaft zum 90. Geburtstag völlig überraschend mit einer wohl vorbereiteten Bach-Suite überrascht hätte. Andächtig vorgetragen.

„Die ganze Welt hört man in dieser schönen Musik!" hatte ich der Omi unlängst noch ins Ohr posaunt. Und mir dazu im Geiste ganz genau vorgestellt, wie edel und schön Rehlein spielt.

Buz am Telefol ließ anklingen, daß etwas Beschämendes passiert sei:

Die Frau Andreas hatte gedacht, wir kämen, die Betten bezogen, und bis 0:15 Uhr auf uns gewartet. Wie der Heinrich da wohl gepoltert hat?

Doch wir wußten ja gar nicht, daß wir dort als Logiergäste eingeplant waren. Zutiefs beschämt rief ich gleich an, um die Scharte im menschlichen Miteinander so gut es eben gehen würde, wieder auszuwetzen.

Frau Andreas war zwar ganz nett, doch bei den Hessen muß man ja leider Angst haben, daß die Worte die man anbringt, das Gegenüber nicht wirklich erreichen.

Rehlein erzählte von Paul D., Buzens Spezi und Klavierbegleiter – unserem Nachbarn in Japan, der später nach Singen am Hohentwil zog, um sich zunächst als Klavierlehrer durchzuschlagen, bevor er dann zum Professoren aufstieg.

Einmal verschaffte er Rehlein & Buz eine kostenlose Übernachtung bei einer sehr plauderfreudig veranlagten Dame, deren Plappermäulchen die ganze Nacht nicht still zu stehen schien.

Am nächsten Tag lotste der Paul Rehlein und Buz in ein nobles teures Lokal. Dort bestellte er sich etwas äußerst Üppiges, und hernach sagte er einfach: „Das dürft ihr jetzt zahlen, denn ich habe euch schließlich eine kostenlose Übernachtung beschafft.

„Das war typisch Paul!" erschäumte sich Rehlein in der Erinnerung.

„Rehlein, du bist ja randvoll befüllt mit Empörendem!" belustigte ich mich leicht, doch auch wenn man von Rehleins empörenden Geschichten nicht genug bekommen kann, so galt's nun doch, zur Tat zu schreiten, und die Fäden der Tüchtigkeit wieder zur Hand zu nehmen.

Zuerst fischte ich Telefonnummern aus dem Internet und fühlte mich wie jemand, der ein Pflichttelefonat bei der Schwiemu in Angriff nehmen muß.

Apropos Schwiemu: Gestern abend war die Omi leider hochmoribund und verstand praktisch nichts von dem, was Rehlein ihr erzählte. Doch heut an ihrem schönen Jubiläumstag erstrahlte die Omi in frischem Glanze und in freudiger Erwartung des Besuchs vom Bürgermeister. Die Omi, von der Herbstsonne des Lebens beschienen und erleuchtet, war so bezaubernd, daß Rehlein als Schwiegertochter hernach ganz entzückt und gerührt war.

„Jetzt möchte ich die Omi doch bald mal wieder drücken!" sagte Rehlein warm.

Wieder wandte ich mich meiner Karriere zu:

Eine ganz trockene Kantorin aus dem Raum Düsseldorf hatte eine äußerst lose Ansage auf ihren Anrufbeantworter aufgesprochen:

„Sie wissen ja: Erst Piep dann bla!" gefiel sie sich in der Rolle der trocken und spröd Witzelnden.

Ich aber amüsierte mich darüber.

Am Nachmittag schauten Rehlein und ich einen bewegenden Nashorn Film über den Mohren George, dem der Großvater immer so mitreißende Geschichten erzählt, und damit Georges Liebe zu Tieren geweckt hat.

Eines Tages wurde ein Nashorn, mit dem sich der George befreundet hatte, in einen fernen Naturpark umgesiedelt.

Drei Stunden lang flog das zutiefst verunsicherte Nashorn im Flugzeug mit. Es hieß „Jimpange", und als es weg war, da hat sich der George zur Erinnerung an sein Lieblingsnashorn ein kleines Nashorn geschnitzt. Er vermisste Jimpange noch eine ganze Weile lang. Doch dann verflog das Gefühl, weil er eine Nashornmutti mit ihrem kleinen Kind kennenlernte, und für den George war das kleine Kind das schönste Nashornbaby auf der ganzen Welt.

Das süßeste Rehlein hat mich wieder so köstlich bekocht. Es gab Nudeln aus dem Asiashop mit Sprossen und Möhren, wunderbar gewürzt, und hernach buken wir im Duett extra zu Omas Geburtstag einen Schmandkuchen, den wir Damen zur Teestunde auf Omis Wohl aßen.

Buz hatte auf den Anrufbeantworter draufgespielt, wie der Posaunenchor die Omi durchs geöffnete Fenster von der Straße her anposaunt hat, so daß die süße Omi ergriffen die Ärmchen in die Höhe gereckt hat.

Freitag, 17. Januar

Grau.
Doch zuweilen schimmerte glanzlos,
aber durchaus reizvoll zartblauer Himmel
durch die feigenblattartig verteilten Wolken
auf dem Himmelszelt

Früh erhob ich mich, und schlich auf Zehenspitzen die Treppen hinab, um mir ein kleines Vorfrühstück in Form einer dampfenden Tasse Carokaffee zu gönnen, bevor ich um acht Uhr gnadenlos mit der Geigerei anheben sollte.

Beim Carokaffeegenuss in der Morgenschwärze des Nachtesrests muß ich immer an Ming denken, der zu solch früher Morgenstund in der U-Bahn sitzt um, trunken vor Müdigkeit vor sich hindurmelnd, einem Schultag entgegenzuschweben.
Und nun stellte ich mir vor, *ich selber sei´s, die da pfeilschnell durch die eisige Nacht zu meiner Arbeitsstätte getragen werde.*

Seitdem ich so eifrig nach dem Vorbild von der Stefanie vor mich hinlebe, bekommt die Vorfreude aufs Wochenende eine gänzlich neue Gewichtung in meinem Leben.
Heute las ich in meinem erschütternden Selbstmordbuch vom schockierenden Ende eines lebensmüden Arbeitnehmers, der in einen Öltank kroch, um sich dort zu ersäufen. Seiner Frau Karin

hatte er einen Abschiedsbrief hinterlassen, den man in seinem Arbeitsspind fand. Auf DDRlerisch verhaltene Art unterschrieb er einfach mit „Dieter". Er war aus dem Leben geschieden, weil ihn die ewigen Streitereien mit den Schwiegereltern, und die Unterhaltszahlungen für sein uneheliches Kind so zermürbt hätten.

Nach dieser bedrückenden Geschichte übte ich los.

Hernach frühstücken Rehlein und ich.

Leider hatte Rehlein sich in der Nacht den Hals verrenkt, und kehrte rehleingemäß sehr die Leidende hervor. Ich fühlte gar den Impuls einer normal verrohten Tochter in mir, auszurufen: „Jetzt kehre bitte nicht die Leidende hervor!" Und dabei ist Rehlein selber immer so unglaublich mitfühlend bei den kleinsten Zipperlein, die ein eventuelles Gegenüber befallen haben.

Die „Allianz" hatte einen Brief geschickt, und ich sagte hohndurchsetzt: „Im Verschicken von Papieren und Mäppchen ist die Allianz natürlich ganz groß!" Doch dies sei alles nur ein Ablenkungsmanöver, erläuterte ich Rehlein plauderfreudig, denn in Wirklichkeit geht denen der Arsch auf Grundeis, da Buz immer noch lebt.

Viel lieber sähen die bösen Bediensteten der „Allianz" Buzen auf dem Gottesacker, „denn wie wollen wir unsere vollmundigen Versprechen Herrn König gegenüber bloß halten?" kratzte ich mir nun stellvertretend für die insolventen Allianzbösse ratlos am Kopf?

Dadurch, daß die Allianz so mehr oder minder pleite ist, muß man womöglich fürchten, sie könnte einen Killer auf Buzen ansetzen?

In diesem befremdlichen Schreiben war plötzlich die Rede davon, daß Buz seine Rente erst ab dem ersten Februar bekommt. Was machen wir bloß, wenn wir jetzt alle drei bis vier Wochen einen Brief bekommen, wo die Rente doch erst für den nächsten Monat angekündigt wird, und die Allianz stattdessen den mit den Jahren auf´s Horrendeste angewachsenen Betrag abzwackt? Statt im Januar die Rente auszuzahlen, haben sie uns erstmal gewohnheitshalber die saftige Summe abgezweigt. Doch Buz hat sich dies nicht gefallen lassen, und die dreiste Abbuchung wieder zurückgeholt.

„Was, wenn durch diesen forschen „Dummjungenschachzug" nun der ganze Vertrag für ungültig erklärt wird?" bangte ich um den Seelenfrieden der Erwachsenen.

Ab zehn Uhr waren wieder Büroarbeiten angesagt. Ich telefonierte viel mit Festivals, aber auch mit Orchestern, und sogar die Berliner Philharmoniker rief ich kühn an, um ein Vorspiel bei Sir Simon Rattle auszuhandeln.

Doch aus welchen Gründen auch immer, haben die Allerwichtigsten, OBEN-Sitzenden niemals Zeit.

Ein schwerverständlicher Zeitmangel, da denen doch wirklich – man möge mir die derbe Ausdrucksweise kurz verzeihen – *alles* in den Arsch geschoben wird, und hinzu nur die Allerwenigsten bei ihnen anrufen.

Mittags hatte Rehlein gekocht. Es gab Fisch und ein Ciabatta Brot. Rehlein schaute mich besorgt an, dieweil ich Ödeme um die Augen habe, und riet wie schon so oft, daß ich mein Herz untersuchen lassen möge. Doch wie alle Tage zierte ich mich beharrlich, und zeigte Rehlein jenes Foto das im *Stern* abgebildet war: Eine Frau, oben ohne, mit diversen Saugnäpfen und Schläuchen über ihrem hüpfenden Bunkern auf dem Standradl.

„Da würde ich im Boden versinken!" sagte ich.

Dann klemmte ich mich um 15 Uhr wieder hinter meine Büroarbeiten, obwohl am Freitagnachmittag eigentlich nicht viel auszurichten ist.

Am Nachmittag kehrte der süße Buz von der Geburtstagsfeier zurück – angefüllt mir Erlebnissen und kostbaren Erinnerungen.

Buz war sehr aufgequirlt, mitteilungsfreudig und fröhlich, so daß man ihn hätte besser genießen sollen, doch ich durfte mich von meiner disziplinierten Arbeit nicht abbringen lassen, und betrieb schweren Herzens die Büroarbeit weiter, obwohl Buz doch Kuchenstücke von der Geburtstagsfeier mitgebracht hat, und ich die Sinne bereits auf packende Neuigkeiten aus Grebenstein gerichtet hielt.

Wenig später gab es Kaffee, und ich habe gemeint jetzt ginge mit meinen alten Eltern was ab, doch Buz hatte Rehlein bereits alles erzählt, und machte wieder Fingeraufklappsübungen auf der Violine.

Nach einer Weile wiederum spielte Buz genau jene Bach-Sonate, die aufgeklappt auf dem Flügel stand. Kläuschens Sonate.

Rehlein meinte, daß das viele Reisen Buzens kostbarer Geige nicht gut täte, da sie nicht frei klinge, doch vielleicht müssen wir uns auch allmählich mit klammen und niedergedrückten Gefühlen eingestehen, daß Buz langsam ein steifer alter Mann wird?

Eine Triumphkarte bleibt uns dennoch: Daß Buz ein bedeutender Lehrer mit magischen Fähigkeiten ist! Fähigkeiten, die nur den Wenigsten unter uns gegeben sind: Aus Stroh Gold zu spinnen.

Und so frug ich Buzen auch gleich, ob ich eine Violinstunde bei ihm abstauben dürfe? „Ja!" sagte Buz, und hatte dabei einen ganz ernsten Ausdruck im Gesicht, den man dahingehend interpretieren konnte, daß Buz immer froh ist, wenn er pädagogisch gebraucht wird.

Nach Feierabend schickte ich mich an, mich ein wenig in der Stadt zu amüsieren. Das süßeste Rehlein brauchte etwas aus dem türkischen Laden, denn Rehlein wollte eine schmackhafte Pastete aus dem Stern nachbasteln, da Rehlein immer gerne etwas Neues für ihre Lieben zaubern möchte.

Gegenüber vom Knollennasenkiosk hat sich ein kleiner türkischer Laden gebildet, wo es allerlei zu kaufen gibt. Doch leider sprach die verwitterte alte Verkäuferin kein Wort deutsch, und ich wußte nicht so recht, wie ich an meinen Narecisi (Granatapfel-sirup) rankomme, zumal das auswendiggelernte Wörtchen offenbar nicht verstanden wurde.

Ich besuchte das Zentralcafé. Doch leider ging es mir ein bißchen wie der Omi:

Mein Interessensradius ist geschrumpft. Lustlos durchblätterte ich die Journale nach etwas ganz und gar Unglaublichem, doch mich interessierten allenfalls noch Geschichten über die Ehemisere vom Professor Brinkmann.

Als ich zu später Stund vom Klub in Moordorf heimkehrte, saßen Buz und Rehlein vor dem Fernseher und schauten „Aktenzeichen XY ungelöst".

Heute wurde von einem Serienvergewaltiger aus Bochum berichtet, den man seit neun Jahren einfach nicht zu fassen bekommt. Wir mutmaßten herum, daß es sich dabei womöglich um einen Professoren, oder gar Pfarrer handeln könnte, und die Polizei nicht nur im Dunkeln sondern auch noch an falscher Stelle tappt? Ich schaute aus dem Fenster und sah, daß auch die Hobby-Miss-Marple Frau Priwitz höchst gebannt vor dem Bildschirm saß. Eigentlich sollte man sie anrufen, und sich dahingehend mit ihr austauschen, was die Polizei wohl mal wieder falsch mache?

Einmal legte der Übeltäter eine dreijährige Pause ein, so daß man schon ein bißchen aufgeatmet und gemeint hat, er sei vielleicht verstorben?

Zu vorgerückter Stund´ musizierten Buz und Rehlein noch Kläuschens Sonate. Doch alle naslang mußte abgebrochen werden, weil das Spiel der Eheleute leicht auseinanderdriftete.

Doch unsere Weinstunde war sehr nett. Rehlein sagte die zweite Lektion im Chinesischlehrbuch auswendig auf: Jene Geschichte über die wertvolle Mutterliebe: Wie eine Henne einen mörderischen Greifvogel, der sich ihrer Brut bedienen wollte, mutig in die Flucht schlug.

Samstag, 18. Januar

Poröse weiße Wolkendecke, die zu einer zuweilen fast lieblichen Auflichtung führte

Heute schlief ich nach langer Zeit wieder richtig gut, indem ich am Morgen sogar intensiv träumte, daß ich *mit einem Herrn aus unserem erweiterten Bekanntenkreis, der an dieser Stelle namentlich nicht genannt werden soll, an den Pforten eines Luxushotels aus einer Limousine stieg. Schon im Auto hatte ich mich nach Art einer Dame aus der Schickimickiszene liebestoll an ihn geschmiegt, und der Herr, wenn zwar nicht unnett, fühlte sich vielleicht doch ein bißchen überrumpelt, zumal ich die Lippen beständig zu einem Kußmund in die Höhe zog und Luftbussis gab. Am Eingang stand eine nackte Frau mit Rubensfigur und der Herr frug verschämt, ob er wohl einmal auf ihren Po patschen dürfe? Er liebe dieses Geräusch! Ja, wenn's denn unbedingt sein müsse, bitte schön!*

Später machte ich mir plötzlich Sorgen, wo in dieser ganzen Odyssee meine Violine geblieben sein könnte?

„Ming, wo ist meine Geige?" rief ich etwas bang in dem großflächigen Treppenhaus zur Balustrade hinauf. Dann erhob ich mich. Buz im Wohnzimmer hatte sich in die Post vertieft.

„Du hättest mich ruhig etwas freudiger begrüßen können!" rief ich aus, da es mich neulich schon beim Onkel Eberhard so verdrossen hat, daß er am Telefon grußfrei gesagt hat: „Ich reiche weiter…"

„Ich begrüße Dich gleich!" sagte Buz fahrig, so daß ich mich schon ein bißchen gefreut, und hinzu hoffend gedacht habe, er wäre vorübergehend mal zweikanalig gewesen, wie ein normaler Mensch, doch Rehlein glaubte es kaum, und meinte, daß Buz, während er diesen Satz gesagt hat, nicht mitbekommen hat, was auf dem Blatte stand.

Eine koreanische Pianistin hatte Buzen ein Faltblatt geschickt. Sie heißt Seng-Yong und konzertiert am Mittwoch in Varel. „Schon wieder eine Seng-Yong, die ihm die Sinne vernebelt!" spöttelte ich auf Art einer höheren Tochter.

Buz faltete das Faltblatt wieder zusammen, und regte sich darüber auf, daß die Allianz ihre versprochene Auszahlung nicht getätigt, und ihm stattdessen für den Monat Januar nochmals das ganze Geld hinweggezwackt hat. Doch man muß ja auch bedenken, daß die Allianz ihre Milliönchen bereits anderweitig verjubelt hat, indem sie überall prunkvolle Gebäude aufstellen ließ? Wenn man jetzt von einigen hunderttausend Versicherten noch eine extra Monatsauszahlung erhält, ist man vielleicht aus den Miesen wieder heraus?

Auch wenn nur 45% der Versicherten die kleine Ungereimtheit auf den Kontoauszügen zähneknirschend hinnehmen, und weitere 45% den Schwindel gar nicht erst bemerken?

Ein junger Herr hatte eine Tango-CD geschickt, um sich zu bewerben, doch Rehlein fand schon nach dem ersten Ton, daß es laienhaft klänge.

Heute brach Buz zu einer Reise nach Groningen auf, wo ein Mittagessen, das vielleicht „ganz gut" ist, auf ihn wartete?

Ich mache immer ein ganz narrisches Getue um den Abschied, weil ich die Leere und Traurigkeit fürchte, wenn Buz weg ist. Auch Rehlein setzt nach nunmehr über vierzig Ehejahren immer noch so eine diffuse Erwartung in Buz, und ist traurig, wenn er geht.

Ich blickte dem Hinwegstrebenden oben aus dem Fenster hinterher, und wünschte er würde heraufblicken, um mich mit einem finalen Lächeln zu bedenken. Als Buz wenig später nochmals ins Haus zurückkehrte, da er etwas vergessen hatte, kam es mir vor, als würde mir noch eine kleine Galgenfrist geschenkt.

Wieder eine Möglichkeit zu üben, ein ganz normaler Alltagsmensch wie ich und du zu werden – bloß, daß ich es ja leider nicht bin.

„Tschühüss!" rief ich zärtlich gewellt, und Buz sagte auch „Tschüss!" so jedoch in einer Art, als würde er sich aus einer Ladentüre in das nächste, hoffentlich interessantere Kapitel seines Lebens hinausbewegen.

Zu meiner Bürotätigkeit legte ich mir Bewerbungs-CDs ein: Zunächst die Demo-CD eines Herrn.

„Im Einklang". Es handelte sich um einen Konzertmitschnitt, und der mitspielende Geiger war sehr nervös, so daß der CD-Beginn ganz erschrocken klang. Man spielt auf seiner Geige, und es klingt nach einem großen schweren Vogel, der ganz erschrocken mit den Flügeln schlackert. Doch wahrscheinlich hoffte der Herr, der uns die CD geschickt hatte, daß man etwas Nachsicht mit einem nervösen Geiger haben möge?

Hernach loste ich aus, welkgewordene Amtsschreiben von Buzens Schreibtisch zu entsorgen.

Rehlein freut sich immer, daß ich alles mache, was ich auslose anders als ein normaler Mensch somit, der so lange rumlost, bis genau das kommt, was er gerne täte: Müßiggang. Doch darf dies als „Tätigkeit" gewertet werden?

„Bist du süß!" rief Rehlein so bezaubernd.

Nach einer Weile wollte ich mich zerstreuen und radelte auf Rehleins Drahtesel in die Stadt.

In der Popshop-Passage, einer schrillen kleinen Ausläufergasse aus der Fußgängerzone, radelte mir die kleine Hanna entgegen, eine Schülerin Buzens, die ich fast nicht wiedererkannt hätte, weil sie in der Zwischenzeit zu einem jungen Fräulein herangereift ist. Eine üppig aufgeschäumte blonde Frisur umrahmte das liebe Sonnengesicht mit den makellos gewarteten Kinderzähnen, und wir plauderten ein wenig, obwohl ich mich in meiner Rolle als Erwachsene seltsam verlegen fühlte. Viel lieber wäre ich jetzt eine Altersgenossin von der kleinen Hanna gewesen, und als ich dann hinter der Türe des Bioladens verschwunden war, dachte ich, daß es doch nett gewesen wäre, wenn ich ausgerufen hätte: „Ich find´ dich so suuuuper!" und wir uns zu einem gemeinsamen Nachmittag verabredet hätten.

Sogar die Bild-Zeitung „Zerbricht Pavarotti an seinem Schicksalsschlag?" kaufte ich mir, und studierte sie in der Teestube bei einem Tässchen Tee. Sogar eine Grabplatte gibt es bereits:

Riccardo Pavarotti
geboren und gestorben am 13.10.02

steht auf italienisch drauf zu lesen.

Der Pavarotti ist ein gebrochener Mann und hadert mit dem Schicksal, das ihm keinen Sohn gegönnt hat.

Später kaufte ich mir in einem Seitengässchen ein Erfahrungsbuch von einer Lehrerin, die von ihrem Mann wegen einem *Herrn* verlassen wurde!

„Das Schicksal treibt´s immer doller!" will hier an dieser Stelle ausgerufen werden!

Daheim hatte Rehlein wie alle Tage ein köstliches Mittagsessen zubereitet: Asiatische Nudeln mit Blaukraut, und Rehleins köstlicher roter Soße.

Das Wetter war so lieblich geworden.

Wir schauten uns einen kanadischen Jugendfilm an, worin sogar ein Delphin mitspielte, der so süß ausschaute, als würde er gutmütig lachen, als ein Mädchen ihm einen Kuss gab.

Auch heut besuchte ich suchtbedingt den Fitnessklub, und wenn es auch vielleicht eine löbliche Sucht ist, so frisst sie doch sehr viel Zeit.

Heut zum vierten und letzten Male in Moordorf, doch das erstemal allein, und das erstemal am hellichten Tage, so daß man aus den großen Fenstern auf Moordorf draufblicken konnte: Ein unbelebter kleiner grüner Tuchflicken auf Erden. Ein Ort, von dem es heißt, hier wohne die allerröheste Jugend Ostfrieslands, so daß man dort eine Extraschule für schwer erziehbare Jugendliche hingebaut hat.

Vom Standradl aus blickt man auf den kargen Moordorfer Marktplatz, und in der Ferne sieht man eine Kirchenzipfelmütze blitzen. Schwarze Vogelschwärme, wie von Choreografenhand gelenkt flogen über Moordorf.

Daheim war Rehlein köstlich duftender Kastenkuchen bereits fertig geworden, und ich erfuhr, daß sich ein lieber Teegast angesagt hatte: Der Tone.

Überglücklich und freudig gespannt harrten Rehlein und ich dem Gast entgegen.

Tatsächlich aber verlief der Teebesuch zwar nett, so doch auch ein bißchen zäh. Der Tone saß so da, und Rehlein rang an Interessanzen herum, mit denen sie den Gast etwas mühsam zu unterhalten suchte.

Nur einmal kam kurzzeitig ein verbindendes Thema auf, auch wenn es auf einer Tragödie fußte:

Man war in Hamburg um den Sohn der Hermelinlaus* zu besuchen, der soeben operiert worden war: Der zweite Bandscheibenvorfall binnen kürzestem – 42 Jahre!

*Eine alte Dame, die man scherzhaft so zu benennen pflegt, weil sie gerne in Adelskreisen aufzublitzen pflegt

Am Abend wurde der Tone zum Tangotanzen erwartet, doch er freute sich nicht darauf, weil er so müd war.

Über Rehleins Kastenkuchen meinte der Tone mit einem Augenzwinkern, er schmecke wie Luvos-Heilerde! Und dann lachten wir laut und verbindend.

Abends kehrte Buz nach Hause. Behaglich setzten wir uns zum Abendessen nieder. Kurz hatte man das Gefühl, der Fernseher sei kaputt, so daß man wieder an die 70er Jahre anknüpfen, und zum Fernseh-genusse bei Frau Rautenberg hätte schellen müssen.

Etwas, das heut´ doch wesentlich einfacher wäre als früher, da damals *Herr* Rautenberg (1909 – 1981)

noch lebte, im Sorgenstuhle sitzend an seiner Pfeife
sog, und uns unnötig verlegen stimmte.

Damals schien er uns uralt.

Doch dann berappelte sich der Televisor, der nur
scheintod gewesen, und die Erwachsenen gönnten
sich eine Bella-Block-Krimi mit dem schubberig
stimmenden Titel „Tödliche Kälte", über einen
Mord an einem einer Krankenschwester.

Und was immer man über das eheliche Glück von
Rehlein & Buz denkt – beim Fernsehgenusse
scheinen sie auf einer Welle zu schwimmen…

Abends saßen wir noch sehr gemütlich
beieinander. Rehlein sprach auf schwärmerische
Weise von dem schönen Wintergarten, den sie, an
unsere Wohnstube geschmiegt, demnächst zu bauen
gedenkt.

Sonntag, 19. Januar

schwefelgelb bis weiß bewölkt.
Hie und da Sprühregen

Heute träumte ich so sagenhaft realistisch:

*Ich befand mich inmitten einer kleinen Karawane – u.a.
mit Frau Münch und dem Yossi, die in ein Gespräch
versunken direkt hinter mir liefen, auf einem Ausflug, den ich
leider nicht so richtig genießen konnte, da ich heut noch nach
Siegburg fahren mußte, wo äußerste Pünktlichkeit von mir
erwartet wurde.*

„Hier bin ich schon mal gewesen! Damals herrschte ein strahlend blauer Himmel!" tat ich mich mit Worten hervor, die ich mir einfach aus den Fingern gesogen hatte. Und obwohl es gar nicht stimmte, trat dieser Anblick vor mein geistiges Auge.

„Was fuhr da in mich??" frug ich mich klamm, weil ich einfach und ohne rot zu werden etwas frei erfundenes von mir gegeben hatte.

Wir kamen an einen äußerst steil abwärts verlaufenden Geröllweg, und plötzlich vermisste ich Rehlein so schrecklich. Rehlein war mit ihren Teedamen vorweg gelaufen, und hatte sich meinem Blickfeld entzogen.

Im Traume jedoch war es so, daß sich Rehlein auf die andere Erdhemisphäre begeben hatte, und somit unerreichbar geworden war.

Die kleine Karawane trottete weiter, und der Yossi hinter mir schien beleidigt mit Frau Münch, mit der er sich doch eben erst so verbindend über das Spätwerk Beethovens ausgetauscht hatte. Doch dann hatte Frau Münch ihm in jäh aufwallendem Übermut einfach eine köstliche Traube in den Mund gestopft, und ihm hierzu mit Hilfe zweier eingerollter Finger neckisch die Nase zugekniffen und leicht in die Länge gezogen, auf daß er den Mund auch wirklich öffne.

Hierbei hatte es sich nur um die Übermütigkeit einer fröhlichen Frau im Rahmen eines erfüllenden Urlaubstages gehandelt, doch der Yossi empfand es als antisemitische Beleidigung, da er fast alles als „antisemitisch" umzudeuten versteht, und ihn der Vorfall zudem an eine sehr häßliche Begebenheit in seinem Leben erinnerte:

... einer Geschichte aus dem wahren Leben, die mir die Omi einst erzählt hat:

In jungen Jahren war der Possi mal bei der Uta zu Gast – er fraß wie ein Scheunendrescher, und würdigte die fleißige Köchin und Gastgeberin keines Blickes.

Die Uta hatte ein Schälchen mit täuschend echt aussehenden Trauben aus Glas auf dem Tische stehen. Und so erfüllte es sie mit einer gewissen Genugtuung, als der Possi nach Art einer diebischen Elster nach einer Traube langte, um sie in den Mund zu stopfen...

Im Radio wurde musikalische Häppchenkost serviert, die Buzen auf den Wecker fiel.

Buz pfiff verhohnepipelnd eine schöne italienische Melodie, die man eben noch im Ohre mit sich herumtrug, auf jene Weise als habe er die Ohren auf „Prof. Kebap" geschaltet, und aus dem Gepfeife hörte man nurmehr das banal Strukturelle heraus. Dann schaltete Buz das Radio aus, und legte stattdessen unsere neue Vengorow-CD ein.

Vor „den großen Brocken „Prokofjew und Schostakowitsch" (Violinkonzerte) fürchtete er sich wie die meisten Erwachsenen ein bißchen. Man möchte ja nicht von der Kultur erschlagen werden, und mit auf der CD befinden sich jedoch auch noch geigerische Häppchen, die Buzen sehr zu öhrlen (munden) schienen.

An dieser CD entzündete sich ein leichter Ehezwist, weil Rehlein sich darüber erzürnte, daß Buz über das „Tambourin Chinois" von Kreisler gesagt hat, es sei „sehr hübsch".

In Rehleins Ohren klingt dieses in hessischer Gefühlsverhaltenheit vorgetragene Kompliment gönnerhaft und überheblich – aber andererseits hat

Rehlein über die gestrige Tango-CD doch bereits nach dem ersten Ton gesagt, sie klänge laienhaft. Dann wurde es aber auch bald wieder ein bißchen netter, weil wir Damen Buzen den bewegenden Nashornfilm erzählten.

Ich wäre so gerne nach Fischerhude gefahren, doch Rehlein sehnte sich nach der Weite des Meeres so daß wir uns dazu aufrafften, nach Bad Zwischenahn zu reisen.

Als wir das Haus verließen sahen wir, daß die Ina, das hübsche junge Fräulein im Hause gegenüber, das heute die ganze Zeit das Auto geputzt hatte, Besuch von einer minderjährigen Mutti mit Kinderwagen bekommen hat. Die beiden unreifen Girlis standen so da und plauderten über ihre Dreamboys, und die Ina lachte einmal freundlich in den Kinderwagen hinein. „So einen süßen Knuff möchte ich auch bald mal haben!" las man in ihren Zügen, und ahnte bereits jetzt, daß die Aufzucht wahrscheinlich an Opi und Omi hängen bleiben würde.

Dann fuhren wir los. Unterwegs machten wir einen Spaziergang in einem kleinen Wäldchen, und die Stimmung zwischen uns Promenierenden wurde immer besser, dieweil Buz so plastisch von Omis Geburtstag erzählte. Es machte vor, wie der Onkel Eberhard dank seines großen schauspielerischen Talents, und der theatralischen Vortragsweise die banalsten Dinge in aufregende Abenteuer zu verwandeln versteht. Leider habe der Onkel die kränkende

Neigung entwickelt, ständig einen weiteren Finger auszufahren, wenn das Utelchen etwas zehnmal erzählt.

Rehlein erzählte von ihren Proben bei einem Pianisten in Frankfurt, und dem groben hessischen Cellisten, der die süßen Kinder des Pianisten so häßlich bebarscht hat.

Summasummarum darf man über diesen Spaziergang sagen, daß er recht nett war, besonders, als wir in Vorfreude auf Rehleins köstlichen Kastenkuchen nach Hause fuhren.

Zur Dämmerstund waren wir wieder daheim. In Behagen eingebettet saßen wir beim Kaffee und schauten einen alten farbrestaurierten Film mit Heidi Brühl als feinem Backfisch. Jedesmal wenn das Telefon aufschrillte, durchfuhr mich eine Freude, daß jemand an uns denkt.

Einmal rief die kleine Rukiye an, um die „Frau Erika" zu sprechen, und somit erfuhr das süßeste aller Rehleins eine Resonanz auf ihren lieben Brief.

Nach der Teestunde schickte ich mich an, den Fitnessklub zu besuchen, wo heut der „Tag der offenen Tür" gefeiert wurde.

Der Fitnessklub war befüllt mit voll motivierten Neuankömmlingen, aber heute durfte man noch nicht losturnen, sondern bloß freudig auf die neuen chromstahlblitzenden Geräte draufblicken.

Ich fand das alles so an- und aufregend, und sogar ein Glas Sekt bekam ich offeriert.

Bald schon fühlte man sich wie auf einer großen Party, und die Gäste wiederum fühlten sich an wie reife Früchte, die auf einem üppigen „Freundschaftsbaum" blühen, und nur darauf warten, gepflückt zu werden.

Ohne weiteres hätte man sich einen üppigen neuen Freundeskreis zusammenpflücken können.

„Hey, ich bin die Franziska, und du?"

„Holger, 23, Sternzeichen Löwe!"

Wie aus einem Rausch heraus kehrte ich nach Hause zurück.

Abends rief uns der einsame Herr Heike an, der am Telefon ganz verschnupft und sogar verstört klang, dieweil er in seiner Einsamkeit womöglich seit Wochen kein persönliches Wort mit jemandem gewechselt hat, und für diesen Anruf seinen ganzen Mut bündeln mußte?

Leider rief Rehlein uns schon nach kürzester Zeit zu, daß die Suppe kalt wird, so daß man sich dem Einsamen gar nicht gescheit widmen konnte.

Rehlein und ich übten die dritten Lektion im Chinesisch-Lehrbuch, und ich sprach alles sauber und in feinstem Mandarin auf eine Kassette auf, damit Rehlein sich das Chinesische noch gescheiter untertan machen könne. Ich sprach erklärend in gebrochenem Deutsch, und sang eine chinesische Melodie drauf, doch währenddessen tönte das Telefon, das nur selten Ruhe gibt, wenn Buz daheim ist.

Der Friedel war´s, der mir den allabendlichen Liebesreport erstatten wollte.

Derzeit hat er neun Frauen am Bändel.

Mit der liebestollen Gisela sei es ganz schnell zur Sache gegangen, und neulich blieb sie gar über Nacht, so daß ihr Mann sich gewundert haben mag. „Ach mach kuach Gisela tschöbomm?"

Dies dachte er in einer fremden Sprache.

Zu deutsch: „Wo Gisela wohl wieder beibt?"

Ich riet dem Friedel alle neun zu schwängern, und freute mich daran, wie die Antje vielleicht ganz aus dem Häuschen ist, wenn sie binnen Jahresfrist neunmal Omi wird.

Das Zusammensitzen bei Wein und Mandelschokolade mit meinen Lieben war dann ganz besonders nett, weil ich so ansprechend von Friedels aufregendem Liebesleben berichten konnte.

Montag, 20. Januar

Weißwölkig und leicht nieselnd

Der Briefträger brachte bloß ein neues AOK-Kärtchen und hätte Buz es in China nicht verloren, so hätten wir heute typischerweise schon wieder gar keine Post bekommen.

Als Buz aus seiner Türe trat scherzte er: „Na, Sie goreng?"
Eine nette Scherzelei für einen einfachen Menschen.

Wir setzten uns zum Frühstück zusammen – in ein Nest des Behagens, über dessen Rand man vorerst nicht hinwegdenken möchte.

Bald schon klingelte das Telefon.

Etwas das auf Buz seit Jahr und Tag eine hinwegfedernde Wirkung hat, und ich beplauderte Rehlein griffig darüber, wie nett das jetzt gewesen wäre, wenn unser Papa am Telefon gesagt hätte: „Ich lasse mir mein Glück nicht stehlen!"

Und das „Glück" wäre unsere Aura gewesen.

Abends schäumte Buz der „Allianz" hinterher. Herr Brahms hatte angerufen, und uns zu suggerieren versucht, daß es *doch* rechtmäßig gewesen ist, daß Buzen im Januar 900 € abgezwackt worden sind, weil dies rückwirkend gedacht sei. Etwas was einem normal denkenden Menschen wohl kaum einleuchtet, und nun machte Buz vor Rehlein dran einen kühnen Wortwirbel drum, wie er einen Anwalt bemühen will.

Rehlein wunderte sich, daß Buz plötzlich, seitdem er ein reicher Mann ist, so sehr aufs Geld schaut? Habe er denn irgendwelche schwäbischen Vorfahren? Früher kam es ihm um ein paar Nullen mehr oder weniger doch gar nicht an!

Nach einer Weile kam Frau Saathoff zu Besuch. Frau Saathoff erzählte von Reinhard Klauswitz, dem sie als junges Fräulein einmal das Leben gerettet hatte, und den sie jetzt dank meiner Hilfe gefunden habe. Er war damals vier Jahre alt, drohte in einem

See zu ertrinken, und ohne groß nachzudenken war die 14-jährige Frau Saathoff einfach hinterher-gesprungen, und rettete den Knaben vor dem sicheren Ertrinkungstod. Und nun will er sie mit seiner 91- jährigen Mutter besuchen.

Doch plötzlich hat Frau Saathoff gar kein besonderes Bedürfnis mehr nach diesem Besuch, weil sie findet, daß man nicht an Vergangenes anknüpfen könne.

Dienstag, 21. Januar

Grau und feucht

Ich bereitete das Frühstück zu, und einmal brachte mir der Postbote eine Videokassette, die mir Herr Heike liebenswürdigerweise geschickt hat. Bloß hat er nicht einmal einen kleinen Gruß beigefügt, weil er vielleicht durch seelische Ausdörrungen gar nicht mehr mit Menschen kommunizieren kann?

Buz war gut gelaunt, weil er sich mit den schwam-migen Erklärungen der Allianz („Rückwirkende Zahlungen") nicht zufriedengeben mag, auch wenn das Wörtchen „rückwirkend" noch so wissenschaftlich klingt.

Herr Peters, ein Spezialist in der Versicherungs-filiale hatte versprochen, sich darum zu kümmern, und Buzens Dopaminspiegel wird immer gleich angehoben, wenn er einen kleinen telefonischen

Teilsieg errungen hat – zumindest „so gut wie". Dann kam die einsame Frau Saathoff mit ihrem geschmackvollen grauen Ziehharmonika Zylinder auf dem Kopf.

Die eifrige Frau Saathoff, hatte sich wegen Buzens Allianz bereits kundig gemacht.

Später torpedierte Buz meine Büroarbeiten sehr, indem er beständig die Tür aufriss, während ich telefonierte.

Heute setzte ich einen lose und vorsichtig gefassten Vorsatz von mir einfach in die Tat um:

Herrn Horning, den staatlich anerkannten Kritikerpapst, der sich auf das Violinspiel spezialisiert hat, anzurufen.

Zum Redakteur vom „Fono Forum", einem Musikmagazin, auch wenn er ernst, fast verdrossen klang, war meine Wellenlänge insofern nicht schlecht, als daß ich einen gewissen Scharm entfalten konnte. Normalerweise darf er die Adresse von Mitarbeitern nicht herausrücken, doch als ich sagte: „Sie könnten mir die Suche ein bißchen verkürzen, indem Sie mir die Stadt nennen!" zeigte er ein Erbarmen, und kam mir einen Schritt entgegen:

„Dann schauen Sie mal, ob es einen Herrn dieses Namens in Bonn gibt!" sagte der ernste Mann gutmütig, und Herr Hornig war sofort am Apparat. Kritikergemäß lief zu rezensierende klassische Musik im Hintergrund, und ausgerechnet bei diesem doch so wichtigen Telefonat rauschte und rumpelte unser Telefon wie verrückt. Anders als bei seinem

Brotherrn klang ich bei Herrn Horning selber leider etwas schüchtern und gehemmt, und konnte keinen rechten Pep entwickeln, da der Herr eher nach einem ernsten akkurat gescheitelten Brillenträger klang. Mein Vater sei ihm ein Begriff, so erfuhr ich — und tatsächlich plauderte Buz nach einer Weile ganz lang auf sog. „Insiderbasis" mit dem strengen Kritiker, der seine Ohren ganz und gar so eingestellt hat, als gälte es Haare in der Suppe ausfindig zu machen. Kaum spielt jemand los, so rotieren die Schräubchen in seinem Kritikerhirn und speien rat- und verständnislose Fragen an Land: „Warum? Wozu?"

Ich hatte das Gefühl, daß Buz nicht so ganz zu diesem Herrn passte? Buz bekam eine gönnerhaft geschäftige Stimme, und redete etwas prahlerisch und hessengemäß auch leicht in Rondoform gehalten, über den Musikalischen Sommer, und mir wurde es ein wenig peinlich, wie großzügig Buz mit der Zeit des Gegenübers umgeht.

Als ich meine Bürotätigkeit betrieb servierte Rehlein mir so nett Tee, weil sich Rehlein so über meine Aktivität freut. Rehlein freute sich auch, weil Buz heut so nett zu ihr gewesen ist, und sich wie ein ganz normaler Mensch benommen habe.

„Weißt du übrigens, daß das böse Uschilein rechtskräftig verurteilt worden ist?" rieb Buz sich während des Teegenuss´ die Hände. „Eineinhalb Jahre auf Bewährung wegen Betrugs!"

Ich stellte mir vor, daß wir doch den Friedel auf die Tante Gabi ansetzen könnten, um die Höhe ihres Treuepegels zu testen?

Wir schaute „Discovery", wo es heute um die Kapriolen des Wetters ging: Auf einem Berg bei Washington herrscht das schlechteste Wetter der Welt:
Zwischen November und April Minustemperaturen, und der Wind fegt meist mit über hundert Stundenkilometern umeinander, so daß sich ein Draußenbefinden quasi unerträglich anfühlen würde, so erfuhren wir.

Nachdem er Heidi A. zuende unterrichtet hatte, sattelte sich Buz für seine Grebensteinreise zurecht.

Frau Rautenberg hinter ihrer Gardine dürfte sogar mitbekommen haben, daß sich Buz und Rehlein tiefempfunden geküsst haben, auch wenn die alte Dame vielleicht gedacht haben mag, dies sei wohl eine andere Frau? Dies dachte ich nun einfach mit Frau Rautenbergs Hirn, weil sie so einen verdrossenen Ausdruck im Gesicht hatte, und gleich den schweren grünen Vorhang zuzog, obwohl es draußen doch noch hell war.
„Das geht mich ja nichts an!" dachte Frau Rautenberg in mir auf die entrüstete Art einer älteren Dame.

Völlig überraschend verschaffte mir Buz heute eine Bratschenschülerin, die 75 € pro Stunde zahlt!

Auch ich telefoniere mit dieser freundlichen Dame, Ärztin von Beruf. Sie ist 39 Jahre alt, und hörte sich so fröhlich und kumpelig an.

Außerdem war die Pastorin aus Buxtehude so nett. Sie duzte mich und nannte mich „Gudrun", so daß sie mich vielleicht verwechselt hat? Der Gedanke, bald in Buxtehude zu konzertieren, elektrisierte mich.

Auf der Fahrt zum Klub sah ich, wie sich ein Auto ganz erschrocken verlangsamte, dieweil eine schwarze Katze über die Straße rannte – gleich hinter ihr folgte auch schon eine weiße, und die beiden Artgenossen befauchten sich wüst.

Der Klub war heut schon wieder so voll, da auch am zweiten Tag noch alle hochmotiviert sind. Ein netter Trainer lief herum und gab wie selbstverständlich wertvolle Tips.

Wieder daheim rief ich Frau Reichmann an, und stellte das Telefon extra für Rehleins Ohren lauter. Diesmal war es *Herr* Reichmann, der abhob.

Laut und freudig rief er nach seiner Frau: „Melanie, Melanie!"

Die Reichmanns überhören das Telefon zuweilen, wenn sie in der Stube sitzen und Radio hören, weil sie immer hoffen, daß sie mal das Fräulein König hören. Doch während sie vergeblich darauf warten, ruft das Fräulein König ja zumindest zuweilen an.

Auch Herrn Heike sollte ich anrufen, doch ich tendierte dazu, dieses anstrengende Telefonat etwas vor mir her zu schieben.

Ich stellte mir vor, wie entgeistert Rehlein wohl wäre, wenn Buz dem einsamen Herrn Heike auf lose Weise am Telefon sagte: „Dann komm uns doch mal ein paar Woche lang besuchen! Meine Frau kocht vorzüglich!"

Abends telefonierte ich noch lange mit Ming.

Ming erzählte, wie man sich in Wien mit einer Dame getroffen hätte. Die Dame sei vollkommen auf Ming fixiert gewesen, und hätte das Julchen aus der Unterhaltung einfach ausgeklammert.

Da tat mir das Julchen so leid. Doch das Julchen ist mittlerweile wieder in Leipzig.

Ming genießt derzeit das Alleinsein unendlich, und hätte nie gedacht, daß es so schön sein kann.

Ich zeichnete ein paar lustige Bilder für Ming und faxte sie ihm hinüber.

(S. Seite 54 – wie ich im Traum von hinten ausgesehen habe)

Einmal sprach Ming mit Rehlein, und nagelte Rehlein psychologisierend darauf fest, daß Mutter und Sohn in völlig verschiedenen Sprachen mitei-nander kommunizieren. Ming bierst doch vor Eifer, etwas über seine neue Liebe zu erzählen, und statt ihm ihr Ohr zu leihen, deckt Rehlein ihn die ganze Zeit mit guten Ratschlägen bzgl. seiner Gesundheit ein: „Ißt Du auch regelmäßig Ooobst, mein Schätzlein?!"

Rehlein zeigte sich einsichtig und verschämt.

Kaum hatte Ming aufgelegt, da rief Herr Heike an, dem ich vorher noch auf Band gesprochen hatte. Jetzt sprach Herr Heike sowohl mit Rehlein, als auch mit mir, und wir waren beide überraschend nett zu dem alten Mann, den wir doch so um seine Einsamkeit bedauern.

Doch auch Herrn Heike gefällt, so wie Ming, das Alleinsein immer besser.

Mittwoch, 22. Januar

Graupel und Sprühregen

Am Morgen traute ich meinen Augen kaum:

Eine reife Asiatin putzte die Fenster von Frau Priwitz, und diese Asiatin ist keine Geringere gewesen als Frau Schneider, von welcher Rehlein doch das Gerücht verbreitet hat, sie habe eine Sofortrente beim „Los der goldenen Eins" gewonnen, und sich somit zur Ruhe gesetzt.

Na, die Rente scheint verjubelt, und jetzt muß Mutti Schneider putzen gehen.

Mir schien ihre Fensterputzerei so gründlich und gekonnt, und so gab ich meinem Herzen einen Stoß und öffnete das Fenster, um der losen Bekannten ein freudiges „Hallo" zuzurufen, auch wenn's ihr vielleicht peinlich sein könnte, bei solch niederer Arbeit erwischt zu werden.

Frau Schneider lachte so nett und freundlich wie eine echte Asiatin, und bestellte Rehlein liebe Grüße.

Rehlein saß auf der Berschere und denkt wegen einem beklemmenden Sauna-Erlebnis nur ungern an Frau Schneider zurück.

Und somit wunk Rehlein auch gleich ab, als ich mit dem erhellenden Vorschlag kam, Frau Schneider als professionelle Fensterputzerin anzustellen.

Rehlein hatte sich einst zu einer vielgepriesenen Schlammkur weichklopfen lassen.

Frau Schneider, die damals eine kleine Sauna am Ende der Straße betrieb, hatte Rehlein den Mund wässrig gemacht, was die Schlammkur wohl für Wunder bewirken könne, und das süßeste Rehlein war doch allem Neuen gegenüber stets so aufgeschlossen!

Rehlein wurde mit unangenehm überhitztem Schlamm bedeckt, und ganz fest in Tücher eingewickelt und zusammengeschnürt.

In diesem Zustand sollte man eine Weile liegen bleiben, doch Rehlein bekam rasch die Panik, weil der Schlamm immer heißer zu werden schien, und man sich als zusammengeschnürte Pastete doch gar nicht mehr gescheit bewegen konnte.

Verzweifelt rief Rehlein um Hilfe, doch Frau Schneider schien in die Mittagspause entwichen, und hatte Rehlein vergessen…

„Mir scheint, die Mama ist heut nur mäßig gestimmt?!" sagte ich warm. „Da muß man eben ein bißchen nachhelfen!" Zu diesen Worten busselte ich innigst auf Rehlein ein.

„Das hat der Wolf auch immer gemacht!" verriet Rehlein. Und noch etwas war passiert, mit dem sich die Stimmung aufwärmen ließ:

Mutti Schulze hatte auf Band gesprochen. Sie habe einen köstlichen Kuchen gebacken – und tatsächlich, der Duft schien sich gar durch den Hörer in Buzens Schlafstube zu verbreiten – und mit dem wolle sie uns um drei Uhr als Teegast beehren!

Nach einem kurzen, ebenmal 15-minütigen Violingeübe hörte man mich bereits wieder zum Computer schleichen.

„Ich muß an meinem Jahresrückblicksbrief 2003 arbeiten", erläuterte ich Rehlein, da man ja immer froh ist, wenn er zur Adventszeit endlich fertig ist.

Nun war Frau Schulze bereits im Anmarsch, und ich legte meine Bach Sonata Nr. 1 auf, um sie durch die Kritikerohren eines Norbert Hornig vorab anzuhören. Und hört man durch Kritikerohren hindurch, so wird der Genuß gleich ein bißchen getrübt.

Man kann, so dachte ich mir, sich nur noch dadurch aufmuntern, daß man eine weniger geglückte Aufnahme einlegt, und so legte ich uns Damen die Aufnahme von Dimitri Sitkowetzki ein, und dachte mir aus, was der kritische Norbert H. denken könnte, wenn er meine CD einlegt und die klänge so? In leicht variierter Form denkt er jenen

Passus, mit dem Petrus die Ankömmlinge an der Himmelspforte zu „begrüßen" pflegt: „Gibt es einen Grund, warum ich mir das jetzt anhören muß?"

Ich freute mich auf Frau Schulze vor.

Umso bestürzter war ich sodann, daß ich in Frau Schulzes Aura etwas maulfaul wurde.

Ich freute mich zwar sehr über den köstlichen Kuchen, den Frau Schulze zu ihrem gestrigen 65. Geburtstag gebacken hat, doch kaum hatte ich das Gebäckstück zuende gegessen, kam fast augenblicklich eine Sesselbehäbigkeit auf. Man schielt zur Uhr, und hat das Gefühl, wertvolle Zeit zur veruntreuen.

Rehlein erzählte, wie die Allianz versucht hat, uns übers Ohr zu balbieren, und die gebildete und vielseitig interessierte Frau Schulze wartete ihrerseits mit überaus übergeordnet Empörem auf, und ich saß so da und fühlte eine leichte seelische Lähmung in jenem Sinne, daß ich fast unfähig schien, mich ins Gespräch zu integrieren, weil die Worte die man hätte anbringen können, so tief in mein Inneres hinabgesunken waren, daß ich sie kaum aufklauben konnte. Ferner erreichte mich das Empörende kaum. Grad so, als sei ich gegen Empörendes imprägniert.

Als vor dem Fenster die Frau Bildschirmschoner aufleuchtete, fühlte ich mich an, wie das Hündchen von Frau Münch. Mit gespitzten Sinnen starrte ich hinüber - unfähig etwas anderes wahrzunehmen.

Rehlein führte Frau Schulze meine Chinesisch Kassette vor, auf der ich versuche, wie eine chinesische Stewardess zu klingen.

In der Zeitung las ich über den Mörder von der zwölfjährigen Vanessa, Michael W. 20, der vielleicht bald wieder frei ist, da ihm allenfalls zehn Jahre Jugendstrafe drohen, die bei guter Führung sogar noch ein bißchen abgekürzt würden.

Befremdlich fand ich, daß Vanessas Eltern gesagt haben, sie könnten ihm vergeben. Vorausgesetzt er ändere sich, und mache so etwas nie wieder.

Einmal rief Pfarrer Becker aus Immenhausen an um nochmals darauf hinzuweisen, daß die Kirchenmiete in Immenhausen 75 €uro beträgt.

Dies zog mich ein bißchen in die Tiefe, zumal mein Konzert in Buxtehude auch erstmal auf den Herbst verschoben wurde.

Zu später Stund – wieder daheim.

Ganz vergebens waren Rehlein und ich ins Konzert nach Varel gefahren, da das Konzert erst morgen stattfindet.

Ich telefonierte mit meiner Freundin Frau Ahrens, die immer so quirlig und fröhlich ist. Sie hat das ganz sichere Gefühl, daß es zwischen dem Friedel und ihrer Schwester etwas werden könnte. Die jungen (reifen) Leute telefonieren jeden Tag, und schicken sich Postkarten.

Donnerstag, 23. Januar

Zunächst regnerisch.
In der Nacht und in der Morgenschwärze
regnete es je laut.
Schmuddelweißer feuchter Himmel.
Am Spätnachmittag klarte es so schön auf

Zum Frühstück schauten wir Eiskunstlauf.

Eine Eisläuferin sah leider häßlich und grob aus, und dann stürzte sie auch noch aufs abscheulichste, so daß man hernach einen häßlichen Prellfleck an ihrem Bein gesehen hat. Ähnelnd dem Fleck auf einem Apfel, der hoch vom Baum herab auf den Asphalt donnert. Rehlein und mir tat das so weh, daß jemand so fleißig geübt hat, und dann vom Schicksal derart bewatscht wird.

Ein Kantor hatte eine wunderliche Ansage auf dem Anrufbeantworter: „Ich lese hier auf meiner Gebrauchsanweisung von Siemens 734, was ich hier auf meinen Anrufbeantworter sprechen soll:
"Guten Tag. Hier ist Familie Müller…."

Haha ein bißchen lustig ist es ja doch.

Bald schon rief mich meine neue Freundin Thekla Ahrend an. Am Freitag bringt sie ihre Schwester Monika zum Frühstück mit, und bei dieser Einfädelung eines eventuelles Glücks fühlten wir uns an wie zwei Backfische.

Am reizvollsten für den Friedel ist z.Zt. die wilde und ungemein ungestüme Affäre mit der Gisela.

Einmal brachte der Friedel die Rede drauf, daß man sich doch mal bei Giselas Freundin Michelle, die immer die Kinder hütet, wenn die Gisela den Friedel besucht, doch wohl mal mit einer Massage bedanken könne? Die Gisela erlaubte es ihm, wenn auch ungern, und jetzt trifft sich der Friedel am Sonntag mit der Michelle.

Freitag, 24. Januar

Nach wolkigem Beginn plötzlich strahlender Sonnenschein, der allerdings alsbald wieder von Wolkenstaubwedeln hinweggewischt wurde

Ich träumte, daß ich *einsam in einem Appartement in einem Mietshaus lebte, und obwohl ich abends die Wohnung sehr gründlich abgesperrt hatte, war es einem Polarhund gelungen, sich dennoch in meine Wohnung zu stehlen? Er lag in der Küche, und ich umarmte den lieben Hund, der mir als Geschenk des Himmels schien.*

Ich träumte weiter *von einem sehr wellenreichen Urlaub in Italien. Solange man im Wasser planschte, war die Welt in Ordnung, doch einmal fiel mir im Treppenhaus eine Ärgerlichkeit ein, die ich die ganze Zeit über verdrängt hatte: Daß Buzens kostbare Guadagnini in China geraubt worden war!*

Um einem häuslichen Donnerwetter zu entgehen hatte Buz von seinem Spezi Nicko eine einigermaßen taugsame Geige ausgeborgt – und Rehlein gegenüber tat Buz so, als sei dies die Guadagnini.

Doch eines Tages setzte er sich aus Versehen auf die Geige, die hernach an einigen Stellen ganz pulverisiert ausschaute, und das Pulver hatte sich hinzu so ungeschickt ein dem kostbaren Bezug eines Sessels verfangen....

Und so spielte Buz jetzt immer nur noch auf seiner Ssu-Geige, und hoffte, die saure Schoose auf diese Weise an Rehlein vorbeischmuggeln zu können. Und dabei hatte Rehlein öfters mal angedeutet, daß sie demnächst mal eine richtige Geigenzählung durchzunehmen gedachte.

Als sei´s des Unglück nicht genug, befanden wir uns auch noch in größter Eile auf den Bus, während soeben ein wüster Trülregen einsetzte.

Leider wurde mein Bett allmählich altersschwach:

Bettrost rostig, und die Matratze in der sich Küchenschaben eingenistet haben, langsam puddingweich.

„Ich bin ein so komplizierter Mensch!" stöhnte das süße Rehlein, dieweil es heute schon um 3 Uhr 20 in der Nacht aufgewacht ist, und vom Gedanken gemartert wurde, ob das wohl die richtige Entscheidung war mit dem Wintergarten?

Ich erzählte Rehlein wie Inga B. dem Friedel unlängst sehr lautstark die Meinung sagte.

Friedel gestern am Telefon: „Boah, *die* hat mich fertig gemacht!"

Der Friedel hatte gesagt: „Inga du bist eine süße Frau!" Doch da ist die Inga plötzlich explodiert, da er das doch zu jeder Frau sagt! Der Friedel sagt´s halt zu allen süßen Frauen, und dadurch, daß es so viele gibt, scheint es so, als sage er dies zu Jeder.

Rehlein machte sich Sorgen und frug sich tiefgangspsychologisierend, ob der Friedel vielleicht unbewusst aus Rachdurst an den Frauen, selbige nun zwanghaft unglücklich mache? Er präsentiert sich als sanfter und verständnisvoller Mensch, infiziert sie mit dem Virus der Liebe, und kühlt dann binnen vier Wochen einfach ab.

Dann wiederum sprachen wir über den Onkel Eckart, einen lang verstorbenen Onkel Buzens, vor dessen polteriger Art sich Rehlein damals richtig gefürchtet hatte. Doch heut im Rückblick, und als gereifte Frau glaubt Rehlein, daß sie sich mit dem Onkel wahrscheinlich gut verstehen würde, weil er ein Typus wie Herr Ahrend gewesen sei.

Damals war Rehlein jedoch noch jung und verschämt, und der Onkel polterte auch gleich aufs bedrohlichste los, wie unverantwortlich es sei, einfach Kinder in die Welt zu setzen, bevor man sein Leben richtig in die Hand genommen und etwas aufgebaut hat.

Doch heut ist man allgemein froh über mich, denn wer sollte sonst auf die Omi Ella Obacht geben?

Rehlein hatte sich in punkto empörender Buz-Geschichten ein paar Tage zurückgehalten, doch heute erlaubte sich Rehlein wieder über ihr Lieblingsthema zu referieren und erzählte, wie der süße Buz sich mal mit dem ganzen Herzen für einen Kurs von seinem Lehrer Zitzmann starkgemacht hat.

Bedankt hat sich aber nie jemand, und einmal war der unreife Buz dazu gezwungen, seinem Schwiegervater Opa zu telegrafieren: „Bitte überweise mir telegrafisch 50 Mark!" mußte Buz notgedrungen den demütigen Bittsteller hervorkehren.

Mitten in diese empörende Kurzgeschichte sprach es unvermittelt *aus* mir: „Es ist schon fast elf Uhr, wir müssen etwas tun! Den Rest des Lebens mit Sinn schwängern!"

Ich rief die Jubilatorin Frau Schinke an, die heut 69 Jahre alt wurde.

Frau Schinke hörte sich nach außen hin spröd an, doch man spürte die große Freude, die mein Anruf in ihrem Inneren auslöste.

Das Wetter war so atemberaubend geworden. Wunderschöner Sonnenschein flutete herein, und als Rehlein zur Mittagsstunde so nett: „Kikalein!" rief, da liebte ich Rehlein unglaublich. Im Hause duftete es köstlich nach Gurken, denn Rehlein hatte in den gelben Reis mit den purpurnen Bohnen auch noch Gurken hineingeschnippelt, und das feine Essen schmeckte äußerst pikant.

Rehlein wünschte sich einen *richtigen* Ausflug, da sie dies von Opas Zeiten her doch noch so gewohnt ist. Der Opa pflegte auszurufen: „Kinder! Heute gehen wir wandern!" und dann wanderte man den ganzen Tag!

Also wanderten Rehlein und ich in rotgüldenem Sonnenscheine zu.

Rehlein sollte *ihr* Tempo einschlagen, und ich trottete einfach hinterher, und mußte lachen bei der Idee, daß sich dies seltsame Spaziergespann einem aufmerksam Beobachtenden eventuell so darstellt, als hätte jemand ein unbedachtes, schwer einfangbares Wort von sich gegeben, und Rehlein würde pikiert vorweg laufen? Doch ich bin nur froh, daß Rehlein deutlich schneller ist als ich.

Am Nachmittag saß Frau Saathoff bei uns am Teetisch, war konversatorisch in Fahrt geraten, und erzählte empörende Geschichten:

Sie erzählte von ihrem Ex-Mann Saathoff, der einmal eine Katze in einen Sack stopfte und wüst auf sie einprügelte, nachdem selbige ihn verärgert gekratzt hatte, um ihn in seine Schranken zu weisen.

Anders als der süße Buz geriet der grantige Sportlehrer ständig mit Tieren aneinander. Einmal warf er einen Knüppel nach einem kläffenden Hund, der von dieser wüsten Attacke einen Leberriss davontrug.

Samstag, 25. Januar

Trübe. Oftmals ein Aufregnen

Ein Stapel Briefe war gekommen. Doch alle waren doof.

Einer sogar ganz besonders, indem er ganz viel Wasser auf Rehlein Mühlen goss. Wir erfuhren, daß Buz am 14.11. einen Unfall gebaut hat, und trüge die Versicherung den hohen Schaden von fast 2000€, so würde Buz hernach bis auf weiteres ganz hoch eingestuft. Und nun suchte die gerissene Versicherung Buzen einen Denkanstupser zu verpassen, der darauf hinzielte, daß Buz den Schaden doch lieber selber zahlen möge?

Dann sprachen wir wie in letzter Zeit immer öfter über den Onkel Andi. Ich wollte von Rehlein wissen, ob sie ihren kleinen Bruder wohl gut genug genossen habe? Früher als Baby wurde das Anderle von Rehlein geradezu aberwitzig geliebt. Später gab es dann allerdings Probleme, und diese Probleme kamen durch Schwager Buz, der ja im übertragenen Sinne Anderles „Prof. Bindinger" war.

*Schwager und Klassprofessor von Ludwig Thoma (S. „Lausbubengeschichten")

Buz als künftiger Schwager mischte sich über Gebühr in die Erziehung hinein, und wirkte von früh bis spät belehrend auf den Knaben ein.

Buz selber war´s, der immer wünschte, daß das Anderle mitkäme, wenn Rehlein und er spazieren gingen, auf daß er sich den Knaben vorknöpfe und in der höheren Mathematik examiniere.

Rehlein geriet davon in einen großen Zwiespalt, da Rehlein a) als junge Verliebte doch lieber mit

Buzen alleine gewesen wäre und b) nicht wollte, daß Buz ihren Bruder für einen Idioten hält. Zumal das damals noch unreife Anderle Buzens gute Lehren überhaupt nicht ernst zu nehmen schien.

Einmal lief dies merkwürdige Dreiergespann – die Verliebten mit dem unreifen Knaben - am Hause von Heribert Beissel* vorbei, und durch die Fensterscheiben konnte man sehen, daß Heribert Beissel Klavier übte.

„Sollten wir nicht lieber nach Hause gehen, um zu üben?" regte Rehlein an, zumal man sich mitten in der Woche befand.

*Einem bedeutenden Dirigenten

„Üben müssen nur die, die es nicht können!" sagte der damals unbekümmerte und ebenfalls unreife Buz, und examinierte das Anderle mit noch größerer Hingabe. („Die Wurzel von 492?")

Dadurch, daß heut ein fauler regnerischer Samstag vor uns lag, nahm ich eine uferlos scheinende Tätigkeit zur Hand, die mich ein bißchen interessierte: Den prallen, mit Bewerbungen befüllten Sack, der in Buzens Zimmer herumsteht, immer dicker und träger zu werden scheint, zu sichten.

Ich griff nach der ersten CD und legte sie gespannt und voller Vorfreude ein:

Ein alter Mann, der mühlenartig selbstersonnene Klangkaskaden auf dem Klavier vor sich hinspielte, hieß Fritz Heise, und der Name erinnerte an einen Frauenmörder.

An dem prallen Sack in Buzens Zimmer sieht man deutlich, was mit den Bewerbungen so geschieht:

Wie Leichenteile werden sie einfach in einen Plastiksack gestopft, und wenn ich mich nicht zufällig erbarmt hätte, hätten sich die emsigen Musikanten die Mühe, alles so schön zu verpacken, und noch einige freundliche Zeilen hinzuzuschreiben, gänzlich vergebens gemacht.

Mittags verkündete das süße Rehlein, daß sie mit der Nachbarin Frau Möller gesprochen und gefragt habe, ob sie sich wohl darüber freuen „tät“, wenn Rehlein sie und ihren Mann, den Lehrer *Herrn* Möller einmal einlädt? „Au ja!“ habe Frau Möller begeistert gerufen, da die Aussicht, ein paar Stunden lang dem erdrückenden häuslichen Einerlei enthoben zu werden auf fast alle Erwachsenen elektrisierend wirkt.

Zur Mittagsstunde wünschte ich mir fast verzweifelt, daß mal jemand an uns denken und anrufen möge, und tatsächlich ging mein Wunsch bald in Erfüllung. Buz selber war´s.

Buz wurde so schweigsam und in sich gekehrt, als wir ihm das mit der Unfallversicherung sagten, wo er den kleinen Unfall doch so gerne an uns vorbeigeschmuggelt hätte. Rehlein blieb gottlob sachlich und griffig, doch jetzt wo er von Rechts wegen ein reicher Mann sein sollte, hat Buz vielleicht das Gefühl, daß ihm sein Geld von allen Seiten einfach unrechtmäßig wieder abgezwackt wird?

Rehlein hatte einen köstlichen Fisch mit goldenen Kartoffeln, sowie Rapunzelsalat mit Walnüssen vorbereitet, und nun machte Rehlein sich Gedanken, wie sie es wohl anstellen könne, daß es richtig unvergesslich nett wird, wenn die Möllers kommen?

„Wir dürfen z.B. nicht über Stalingrad sprechen!" sagte Rehlein, dieweil ihr der zweistündige Besuch von Frau Saathoff gestern, um eine ganze Stunde zu lang gewesen ist. Der Film „Stalingrad" sei der gefühlvollen Frau Saathoff so nahe gegangen, daß sie hernach eine Dreiviertelstunde lang laut geheult habe, berichtete Rehlein mitfühlend.

Zum Mittagessen schauten Rehlein und ich „Kinderquatsch mit Michael Schanze".

Drei Kleinkinder wurden interviewt und trugen je ein Lied vor. Doch alle drei Lieder hörten sich jämmerlich an, und Rehlein schwärmte begeistert, wie *ich* als Kleinkind gesungen habe: Auf französisch, blitzsauber, mit ganz viel Leidenschaft und Ausdruck und manche Töne vibriert ich sogar.

Sonntag, 26. Januar

Grau und feucht

In der Nacht hatte sich ein Video mit einem packenden amerikanischen Film für uns vollgesogen:

Ein junger Mann hatte sich in eine bedrohliche Blondine verliebt, die gerade so wie ihre Mutter hie und da ausrastete und gewalttätig wurde.

Und doch empfinde ich die Geborgenheit in amerikanischen Familien immer so intensiv, denn die Familien erinnern mich so an die „Bildschirmschoner": Die Familie mit den beiden Töchtern, die im Haus gegenüber lebt, und deren Leben ich beim Violinspiel heimlich mitlebe.

Zum Frühstück schellte das Telefon, und ich freue mich doch schon so auf das Großmansche Baby, das dieser Tage auf die Welt kommen soll. Umso enttäuschter war ich, daß es Frau Saathoff war, die wieder etwas Steuertechnisches wissen wollte. D.h. stellvertretend für Rehlein war ich enttäuscht, denn *mir* kann es ja recht sein. Außerdem weiß ich natürlich, daß sich hinter Frau Saathoffs steuertechnischem Wissensdurst eine große Einsamkeit verbirgt.

Auf dem Standradl im Klub las ich in der „Tina" die unglaubliche Geschichte von einer Hausfrau, die 57 kg abspeckte. Sie hungerte sich von 115 auf 58 kg hinab. Auf einem Foto konnte man sie überglücklich in einer hautengen silbernen Hose beim Shoppen bewundern.

Doch die Eßpläne, die dabei standen, lasen sich mager, und so manch einem Diätwilligen wurde klar: „Dies ist nichts für mich!"

Zwei Knäckebrote dünn bestrichen mit Halbfettmargarine. (z.B.)

Während der einen Bruststraffungsübung fiel mir gerade noch rechtzeitig ein daß man, wenn man nicht aufpaßt, sehr leicht die indifferente, nach „nichts" mundende Ausstrahlung einer reifen Frau bekommen könnte. Also setzte ich schnell eine frohe Miene auf, die mich selber aufwärmen sollte, und versuchte, in allen Lebenslagen Frische und Zauber abzustrahlen.

Rehlein hatte wie alle Tage köstlich gekocht: Gurken- Kartoffelsuppe und zu diesem Hochgenuß schauten wir den tragischen amerikanischen Film weiter. Der Tom war von seiner Verlobten ermordet worden, bloß weil er Vernunft angenommen, und sie verlassen wollte. Daraufhin hat die gruselige Familie dieser Frau die Leiche einfach im Michigansee versenkt, und der Michigan See ist so groß, daß man sehr lang und hinzu wahrscheinlich vergebens nach dem Verstorbenen herumstochern müsste.

Montag, 27. Januar

Trübe und feucht. Am Abend regnet es.

In der Nacht war ich oft ärgerlich, weil ich einfach bloß so dalag, einfach nicht einschlief, und die kostbare Nachtruhe ungenutzt dahinrieselte.

Am Morgen erhob ich mich schon wieder zu einem sehr uniformen Tag, weil ich vor mir selber mit gutem Beispiel vorangehen wollte, und die Spitzensekretärin zu spielen plante.

Früher hat Buz mir gelegentlich gedroht, daß ich später Sekretärin werden würde, wenn ich nicht gescheit Geige übe, und nun scheint es, als sei genau dies passiert?

Die Stunde des Behagens in den frühen Morgenstunden bei dampfendem Caro-Kaffee ist mir immer ein bißchen knapp, da ich mir auf alberne Weise vorstelle, um 7:51 Uhr käme meine S-Bahn am Hauptbahnhof an, und ich würde bald darauf in der Anonymität des Menschengewühls versickern, und mich den Blicken entziehen.

Um zehn Uhr begann ich mit der Arbeit, und die Arbeit machte mir Spaß, weil ich nach und nach den Musik-Almanach, sprich „die Orchester" abarbeitete.

Eine Frau im Orchesterbüro meldete sich verdrossen mit „König".

„Ich heiße auch König!" lächelte ich gewinnend durch den Hörer hindurch. Die gestresste Sekretärin hat sich dadurch jedoch nicht entdrießen lassen, und sprach in spröder Stimmlage auf zugeknöpfte Weise mit mir.

Mittags gab es Gerste mit Gemüseratatouille und ich fühlte mich wie eine Arbeitnehmerin, die ihr Mittagessen eingezwängt in eine schlanke Freizeitstund nur auf einer Pobacke sitzend einnimmt, weil man es quasi nur als gespannten Auftakt für die Nachmittagsschicht ansieht, die gewiß nicht leicht wird.

Mit fast fiebrigem Eifer widmete ich mich von 15 bis 17 Uhr wieder meiner Karriere. Ein Herr aus Köln-Gürzenich hatte eine ausgezeichnete Wellenlänge zu mir. Er hieß Hermann Baumann.

„Sind sie der große Hornist?" frug ich neugierig. Doch der Herr lachte und meinte, er sei nur der kleine Hornist, da der wahre Hermann Baumann sein Vater sei.

Einmal öffnete ich eine bajuwarische Webseite und hatte eine solche Freude daran! Man konnte beispielsweise „Oberbayern" anklicken, und eine Fülle an Veranstaltungsorten ergoss sich über den Bildschirm.

Um 17 Uhr rief uns der süße Buz an, dem einsam zumute war, und der sich sehr über Rehleins Plätzchen freute. Buz berichtete Rehlein plastisch von einem Konzert: Ein Komponist im KZ komponierte ein Werk auf Klopapier, und jemandem gelang es, diese Kostbarkeit in die Welt hinauszuschmuggeln.

Meine alte Freundin Renate hatte geschrieben, und eine Stelle, die ich gar nicht verstanden hatte, hat mir

Rehlein am Nachmittag zurecht interpretiert: Daß die Renate vielleicht arbeitslos geworden sei?

Ich hatte nur mitgekriegt, daß ihr Chef über ihren Kopf hinweg 15 Mitarbeiter entlassen habe, und sie jetzt morgens um vier Uhr aufstehen müsse, was ja vielleicht bedeuten mag, daß sie jetzt Zeitungen austrägt?

Ansonsten war der Brief leider sehr Zipperlein durchsetzt, indem sie über ihre Ungesundheit stöhnte.

Dienstag, 28. Januar

Starker Wind, Regen und Graupel. Mittags war der Himmel auf eine verblasene Weise kurz hellblau, doch handelte es sich dabei um ein „Schönwetter", das mich depressiv stimmt.
(Allzu heller, fast greller wässrig blauer Himmel bei Kälte)

Traum:
Ich befand mich in einem Stockwerk eines hohen chinesischen Hotels, und wollte aufs Häusl, obwohl ich mir schon denken konnte, daß die Toiletten in China alle einheitlich sind, und ich somit nichts Dolles erwarten durfte. Auf den Gängen - gelben Linoleumfluren und blau gestrichenen Eisentüren, an denen die Emaille abblätterte und grau zerkratzte Oasen freilegte - herrschte eine gewisse Betriebsamkeit.

„Pao kuai i djöör!" sagte ein Chinese („Renn schneller!" bzw. (Von Lippen aus Shanghai gesprochen): „Beweg deinen

Arsch, Schlampe!") hinter mir, und dann sah ich, daß auf einem Laufband blaue Akten herumfuhren, nach denen man greifen sollte, wenn man einen Klogang plante.

Ich griff nach einer, doch es stand ein fremder Name drauf, so daß mir klar wurde, daß man zuvor eine Akte hätte <u>anfordern</u> müssen. Andernfalls sei ein Toilettengang ausgeschlossen.

Hernach befand ich mich in der Musikhochschule Trossingen, die in völlig neuem Ambiente eröffnet worden war.

Am Morgen las ich eine Geschichte in meinem Buch: Sie handelte von einer Frau, deren Mann immer unerträglicher wurde, weil er eine Andere liebte.

Ab zehn Uhr versuchte ich mich wieder als Bürofräulein. Alle viertel Stunde wechsele ich meine Karrieretätigkeiten nach dem Auslosemodus und wie´s so ist, kristallisierten sich bald Tätigkeiten heraus, die man gerne tut, und einige die man ungern tut. Gerne formuliere ich Texte, und ungern telefoniere ich.

Fast immer kam heut dran, bei irgendwelchen Orchestern mein Sprüchlein aufzusagen, das naiv und tollkühn in einem klingt: „Ich wollte fragen, ob man sich bei Ihnen als Violinsolistin bewerben darf?"

„Danke, kein Bedarf!"

Doch manch müde Sekretärin lässt sich auch daazu weichklopfen, dem Chefdirigenten eine CD in seinen

Spind zu legen – wo sie alsbald ungehört entsorgt wird.

Dann tippe ich die Adresse in den Computer, und einmal sah ich den elegant- und künstlerisch gestauchten silbernen Zylinderhut von Frau Saathoff an der Hecke vor dem Fenster entlangschweben, und bald schon klingelte es an der Türe.

Ich bat Frau Saathoff ins Haus, und wies ihr eine Sitzgelegenheit, wo sie in aller Ruhe auf Rehlein warten könne.

Doch hernach arbeitete ich etwas fahrig und unkonzentriert, da ich mir fest vorgenommen hatte, Frau Saathoff nachher wenigstens gescheit zu verabschieden bzw. ihr Gesicht nach Spuren leichter Verärgerung zu durchforsten, weil ich mich dem Gaste nicht liebevoll genug gewidmet habe.

Dem Friedel schickte ich eine Postkarte von den Nürnberger Symphonikern, die sich etwas köstliches haben einfallen lassen: Von sämtlichen Orchestermitgliedern hat man ein Portrait aufgenommen, und darunter steht verheißungsvoll:

„Wann sehen wir uns?"

„Wann sehen wir uns?" scheint auch Herrn Bolzens Schwägerin Renate auszurufen. „Eine reife Flötistin, die sehr gut blasen kann!" schrieb ich dem Friedel vieldeutig, und Rehlein lachte leicht darüber.

Leider zeigten sich auf dem Computer ganz viele graue Quadrätchen, wo „Error" drauf zu lesen stand. Doch klickte man sie weg. so bildete sich ein neues längliches Quadrat und der Ratlose wurde von unverständlichem Computerlatein angebleckt: „Fehler #549908. Grcodcdh hat ein Problem festgestellt.…konnte wegen einem ungültigen Vorgang nicht geöffnet werden."

Um 17 Uhr machte ich Feierabend. Ich lief zur Rosen-Apotheke, um mir ein Renaturierungsmittel für meine Haupthaar zu kaufen, und wunderte mich über die übertriebene, fast ölige Freundlichkeit des Verkäufers, so daß ich Rehlein später sogar darauf ansprach. Rehlein reagierte ziemlich heftig, da sie die falsche Freundlichkeit dieses Herrn unerträglich findet, und dabei hat er sie vielleicht in einem amerikanischen Lebensqualitätsaufschäumungskurs gelernt, und wendet sie in der freudigen Erwartung an, die Freundlichkeit könne tausendfach zu ihm zurückkehren.

Zum Tee schauten Rehlein und ich die häßlichen Geschichten in „Brisant", wo es mich stellvertretend für Rehlein immer ganz ratlos stimmt, warum ich mir dererlei wohl ansehe, statt Goethe und Schiller zu lesen?

Einmal war die Rede von einem abgebrannten Haus, wo die Bewohner ihre Wäsche immer auf der Heizung getrocknet haben.

„Lernst du da wenigstens etwas?" rief Rehlein mit etwas Hoffnung aus der Küche heraus.

Ich verspürte Heißhunger auf Rehleins Kastenkuchen.

Dann wurde ein kurzer Report über Anthina Onassis gesendet, die morgen volljährig, und somit die reichste Frau der Welt wird, und ich stellte sie mir an der Seite Mings vor.

Auf dem Standradl im Fitnessklub las ich in der „Freundin" einen Report über Mütter und Töchter.

Über eine Stelle ärgerte ich mich: Als nämlich zu lesen stand „das ist too much."

Ich stellte mir vor wie die Monika ihrer Schwester Thekla vielleicht freudig gesagt hat: „Ich habe meinen Mister perfect getroffen!"
und wie es ihr jetzt schwer fällt diesen Irrtum einzugestehen?

Als ich zurückkehrte hatte sich das süße Rehlein schon so viele Gedanken gemacht:

Die Außenbeleuchtung brannte für mich und kaum trat ich ins Haus, da reichte mir Rehlein bereits ein Glas mit frisch ausgepresstem Granatapfelsaft.

Abends rief ich den Kirchenmusikus Martin Frey aus dem schwäbischen Bad W. an.

„Wir sind finanziell nicht auf Rosen gebettet," druckste er knickrig herum, aber vielleicht spiele ich im August 2004 als 41-jähriger dort?

Abends legten Rehlein und ich wie schon so oft einen gemütlichen Fernsehabend ein.

Zuerst schauten wir „Vor 30 Jahren": Schwarz-weiß Ehen in Deutschland?
Mohr als Schwiegersohn, ja oder nein?

Dann schauten wir den holländischen Film „Charakter" über welchen im Programmheft so verheißungsvoll zu lesen stand, es sei eine düstere Familienstudie. Er spielte so etwa um das Jahr 1924 herum, und ein unehelicher Sohn mit Namen Jakob Wilhelm, hatte so eine unglaublich schweigsame Mutti. Eines Abends kam ein Nachbar. Er sagte: „Meine Frau ist gestorben. Ich dachte, ich sage es Ihnen, damit Sie wissen, daß ich wieder zu haben bin."

Mittwoch, 29. Januar

Grau und feucht

Vor dem Fenster konnte man sehen wie ein reifer Zeitungsausträger seine Zeitungen etwas ungeschickt austrug, indem er ständig die Straße im Zickzackkurs überquerte, und dadurch viel Zeit verlor. Doch man muß ja auch bedenken, daß den meisten Arbeitslosen der Tag sehr lang werden kann, wenn man nicht gerade das Violinspiel erlernt hat, mit dessen stetiger Verbesserung man sich die Zeit vertreiben kann?

Man lungert im Fitnessklub herum und schreibt Bewerbungen, obwohl man ganz mutlos ist.

Aber was tue ich schon anderes?

Rehlein erzählte empörende Buz-Geschichten.

Da klingelte es, und Frau Meyer beehrte uns. Rehlein war leicht genervt von dem ungebetenen Besuch, und leider muß man konstatieren, daß Frau Meyer ein Talent dafür hat, immer dann zu erscheinen, wenn Rehlein sie gerade nicht brauchen kann. Doch dann gewöhnten wir uns rasch an den Gast und hatten sogar Freude dran.

Leider hat sich Rehlein, bedingt durch ihre kultivierte Leutscheu angewöhnt, sich zuweilen einen etwas förmlichen, fast nüchternen Anstrich zu geben, der eigentlich gar nicht zu jenem süßen Rehlein passen will, das wir kennen und lieben.

Man kann es aber auch anders ausdrücken:

Nach Art einer Spinne, die lange Fäden spinnt, hat Rehlein sich eine ganz lange Anwärmephase gesponnen, und an ihren Aurenbannkreis ange-knüpft oder befestigt.

Die ersten drei Themen, die Rehlein anritzte waren allesamt empörend: Rehlein rückte den Cellisten Dieter Mässlinger in den Fokus und setzte ihn auf die Anklagebank.

Rehlein ließ den Namen des Delinquenten auf der Zunge zergehen – zumal es ja heißt, die Zunge sei zuweilen schärfer als das Schwert – und sprach ihn für die Ohren von Frau Meyer solchermaßen aus, als solle er *eigentlich* ein Begriff sein. Ein Cellist, der uns einmal einen Stuhl kaputt gemacht, und sich nicht einmal entschuldigt habe!

Zu dieser wirklich empörenden Geschichte saß Frau Meyer auf einem jener Stühle, die kurz vorm

Zusammenkrachen stehen, und Rehlein sagte über diese unschöne Eventualität:

„Da wäre ich ärgerlich!" Dies jedoch tönte Rehlein gutmütig – fast schelmisch ein.

Einmal lachte Frau Meyer so entzückend, als ich erzählte, daß alles was meine Mama erzählt empörend sei.

Dann hatten wir viel Spaß als wir uns z.B. überlegten wie Frau Meyer unseren Anrufbeantworter auf plattdeutsch bespricht.

Die Luft hatte sich schon mit Vorbangsmolekülen auf meine neue Schülerin vollgesogen, die heute um 11 Uhr ihren Einstand feiern wollte. Eigentlich war es mir peinlich ihr 75 € für die Stunde abzuzwacken, da man in dieser Preislage das Gefühl hat, jede Minute mit Weisheiten tränken zu müssen. Bald darauf klingelte die sympathische neue Schülerin mit der frechen Rupffrisur, und von der ersten Sekunde an waren wir dicke Freundinnen.

Sie plauderte so nett wie die duftende und bezaubernde Thekla Ahrens und wirkte so animierend auf mich. Sogar zwei Kinder hat sie: Ein fünfjähriges Töchterlein und ein zweijähriges Söhnchen. Doch das Söhnchen ist noch nicht stubenrein, und schläft nachts schlecht.

„Mit anderen Worten: Er lärmt die ganze Nacht?" erkundigte ich mich mitfühlend.

„So etwa!"

Die neue Schülerin erzählte das Verdrießliche trotz allem in heiterem Tonfall. Wir einigen uns auf eine halbe Stunde pro Woche, und diese halbe Stunde verging ganz schnell.

Mittags trommelte Rehlein zu einem Spaziergang, und obwohl ich in dieser herben und feuchten Wetterlage gar keine Ambition verspürt hatte, lief ich brav mit.

Zuerst fürchtete ich, es würde vielleicht langweilig, weil wir schon so lange quer am Leben vorbeileben, und was gibt's schon groß zu reden? Man läuft vor sich hinsummend nebeneinander her, und ab und zu sagt Rehlein vielleicht etwas Verbittertes über Buz?

Rehlein erzählte wie sie heute im dänischen Bettenhaus ein junges Paar mit Kleinkind gesehen hat. Das Kleinkind stak gerade im Zörnchenalter und seine junge, womöglich erst 19-jährige Mutti war total sauer und ärgerte sich maßlos darüber, so ein anstrengendes Blag am Bein zu haben.

Etwas was ich in meinem hohen Verrohungsgrad wiederum gut nachempfinden konnte.

Dann erzählte Rehlein von Mings unvergesslichem Zornanfall am 17. 06. 1967 im Schloß Mirabell in Salzburg, wo wir als kleine Familie zu Ehren von Mings 3. Geburtstag hingereist waren. Ming war so begeistert, und hatte gemeint, man habe ihm das Schloss zum Geburtstag geschenkt, und heut begänne seine Laufbahn als Schlossherr!.

Als am frühen Abend ein Bediensteter kam, um die Touristen hinwegzujagen und das Schloßgatter zu schließen, rastete Ming aus!

Am Nachmittag schauten wir „Brisant". Wieder sah mal den Michael, der sich im vergangenen Jahr einen Blödsinn ohnegleichen erlaubt hat:

Er verkleidete sich als „Gevatter Tod", stieg in ein Haus ein, und ermordete die kleine Vanessa.

Sogar Michaels verhärmte Mutti kam zu Wort und meinte, daß der Michael eigentlich ein guter Mensch sei.

Wir erfuhren, daß er so etwa acht Stunden am Tag Horrorfilme anzuschauen pflegt, so daß er hiervon schon einen ganz verdrehten Geist bekommen habe.

Am Abend begab sich Rehlein zum Yogakurs. Nach drei Jahren mischte sich die Verlorengeglaubte wieder unter die Yogis.

Ich hatte große Angst Rehlein könne auf diesem Trip einen Unfall erleiden, weil es draußen schon so finster war, doch kurz nach neun Uhr war Rehlein wieder daheim.

Donnerstag, 30. Januar

Zauberisch verschneit. Frisch, herb und grau
(Mir gefiel's)

Gestern rief ich noch nach Art vom Opa, der einmal ausrief: „Ich würd´ ja lachen, wenn der Iwan ne Schwedin heiratet!" aus „Ich würde ja lachen, wenn morgen Schnee liegt!" und tatsächlich war am Morgen alles gleichmäßig mit zarten Schneehauben bedeckt. Er sah wunderschön aus. Ganz besonders auch am Abend, als die Autos die Lichter einschalteten, die nach Art von Kerzen im Schnee aufleuchten.

Zum Frühstück schauten Rehlein und ich einen Film mit Götz George: „Der Gast des Anwalts".
Götz George mimte einen grenzdebilen Frauenmörder mit Deckelfrisur.
(Da es verschiedenförmige Deckel gibt, sollte man sich vielleicht den Deckel einer Urne vorstellen)
Doch die Dame des Hauses war fasziniert von ihm, so daß ihr Mann, der Anwalt, im Grunde jene verdrossenen Worte hätte benützen können, die einst auch ein Schwabe, der nach Ostfriesland gezogen war, Buzen gegenüber hätte verwenden sollen:
„Sie haben meine Frau verhext!"

Gestern war ich dadurch, daß aus dem Konzert in Bockel nichts wird, etwas in die Tiefe gezogen, doch heute meldeten sich steirische Züge in mir:
„Jetzt erst recht!" und wie ein Stier mit den Hörnern versucht ich wenigstens ein Konzert in Visselhövede aufzuspießen, mich dabei wie eine powervolle Mitarbeiterin in einer Agentur bedünkend.
(Doch dort war es besetzt)

Etwas Aufwind hat es mir gegeben, nun auch noch die Arbeit von Frau Münch auf mich zu nehmen, da ich nicht mehr viel Zeit zu verlieren habe, (der Jugendwahn). Mitten in meine Aktivitäten hinein kam der heißersehnte Anruf von Herrn Großmann, der von Rehlein entgegengenommen wurde.

„Ludmilla" sagt der Großmann stolz.

Sogar mit der kleinen Judith sprach ich. Die Judith ist froh, eine Schwester zu haben, da sie Jungens doof findet.

Herr Großmann lud uns ein, und ließ sogar anklingen, daß wir, wenn wir nur wollten, auch die Schwiegereltern aus Sande mitbringen, könnten.

Ein Thema, das Rehlein und ich später beim Mittagessen vertieften, denn man kann sich ja vorstellen, daß Rehlein als Rentnerin ihren Platz auf der Berschere nur noch ungern verläßt, andererseits aber auch ein bißchen besorgt ist, daß wir nie unter Menschen kommen.

Rehlein hatte Besuch von einem bulligen glanzlosen Herrn von der Aachener Bausparkasse bekommen, der einmal etwas angestrengt und förmlich mit seiner Frau telefonierte. Er sagte einfach lapidar „Tschüss" und legte auf. Und wenn ich es recht bedenke sogar ohne Ausrufezeichen! „Na, das war ja jetzt aber kein tiefgehender Abschied!" hätte ich theoretisch sagen können, da ich mich in der Aura dieses Herrn seltsam lose und enthemmt fühlte.

Mein Auto war dick eingeschneit. Zunächst tranken wir Tee und aßen Rehleins Kastenkuchen, und die verschneite Dämmerung draußen schaute so unglaublich zauberisch aus.

In „Hallo Deutschland" erfuhren wir, daß der dubiose Dreifachmörder von Heidelberg gefasst worden ist. Ermordet wurde ein Kinderarztehepaar und seine fesche Arzthelferin.

Es handelte sich um einen lächerlichen Raubmord wegen ein paar hundert €uro, begangen von einem 52-jährigen Sozialhilfeempfänger, der einen Brief schrieb, mit dem er eine falsche Fährte zu legen gedachte, indem er listig so tat, als sei er ein Ausländer.

„Gehen zurück nach Heimat…" schrieb er.

Ming hat heute seinen letzten Schultag gehabt, und dazu schrieb ihm das Julchen etwas Lustiges:

„Als ich das letzte Mal aus dem Schultor trat, dachte ich: „Ein großer Schritt für mich, doch ein kleiner Schritt für die Menschheit!"

Freitag, 31. Januar

Verschneit und atemberaubend sonnig

Am Morgen erhob ich mich, wenn auch müd, zu einem Tag, auf den ich mich nach Art einer Arbeitnehmerin schon seit Tagen vorgefreut habe: Endlich Wochenende, und als Höhepunkt meines

154

armseligen Daseins ein netter Besuch zum Frühstück von den Schwestern Thekla und Monika.

Zuerst trank ich Caro Kaffee, und las in meinem packenden Buch über die Ehemisere einer 56-jährigen Frau mit ihrem Mann Dieter, und wieder wehte mich jenes Gefühl an, daß Männer und Frauen einfach keinen gemeinsamen Nenner finden.

Rehlein rief aufgeregt aus dem Schlafzimmer heraus, daß wir ganz schnell ein Frühstück richten müssten!

Rehlein hatte gemeint, die Gäste kämen um neun Uhr. Doch ich beruhigte Rehlein, weil *ich* wiederum gemeint hatte, sie kämen erst um zehn.

Das Sofa war vollgepackt mit Allianz Akten-ordnern, die ich rasch auf Buzens Bett drauf transplantieren mußte, das davon naturgemäß noch unordentlicher wurde, da doch schon meine Karriere Ordner drauflagen. An mich selber, genau genommen meine Frisur, dachte ich erst ganz zuletzt, und dann klingelt es.

Rehleins freudiger Triumph *doch* recht gehabt zu haben erfüllte das ganze Haus.

Ich riss das Fenster auf und rief – freudig trompetend im Klange: „Ich komme sofort!"

Rehlein war aber sehr besorgt, daß die Gäste, wenn auch kurz, dazu verdammt schienen, in dem hohen Kältegrad vor der Türe zu verharren, und ich wiederum fühlte mich kurzzeitig wie Mobbl damals, um 1984 als die Kohlmeyers ihr Auto eine volle Stunde zu früh parkend an unser Gatter schmiegten, so daß Mobbl, als überrumpelte Gastgeberin, die noch nicht einmal den Tisch gedeckt, geschweige denn ihre Frisur gerichtet hatte, sich voll Groll in ihr hübsches Kostüm hineingezwängt hat.

Die Kohlmeyers hatten sich damals nur zu jenem Zwecke verfrüht, weil sie noch einen einstündigen Spaziergang im Wald vor den Besuch klemmen wollten – so daß Mobbl sich ganz umsonst so schrecklich geärgert hatte, und sich fauchend in ihr schönes Kostüm quetschte statt in freudig-sinnlichem Genuß hineinzu- steigen.

Und so beschloss ich, mich mit Freude und Bedacht im Rahmen meiner Möglichkeiten zu ver- schönern. Für meine Frisur hat die Zeit jedoch nicht mehr gelangt, und die Monika, die doch für ihren Putzeifer bekannt ist, lernte ihre Glücks- oder vielleicht auch Unglücksvermittlerin somit mit einer Moppfrisur auf dem Haupt kennen.

Das Wetter war heute so sagenhaft! Schnee unter glänzend prallblauem Himmel.

Ich freute mich sehr über den Besuch, und die Monika, wenn auch etwas vogelstraußartig aus- sehend, fand ich so nett, und fühlte mich in ihrer Gegenwart derart lose und entspannt, als habe ich sie schon immer gekannt.

Rehlein zeigte sich ebenfalls von einer sehr ansprechenden Seite, und wir hielten ein so erfüllendes und schönes Frühstück mit Laugen brezeln ab.

Wir sprachen z.B. über Monikas Ehemisere.

Die Monika erzählte, daß ihr Ex die Kinder nie anruft, weil er meint, dies sei zu teuer.

Zu seiner Ehrenrettung muß allerdings angefügt werden, daß die beiden Söhne äußerst verstockt und einsilbig sind, so daß sich niemand um ein Telefonat mit ihnen reißt.

Die Monika fuhr in ihren Schilderungen fort, und erzählte Empörendes: Daß ihr Ex die Kinder jetzt an Ostern zu sich holen will, doch das sei das letzte Mal, und danach möchte er sie nicht mehr sehen.

„Dies aber soll er ihnen selber beibringen!" schäumte sie, und wurde laut und leidenschaftlich, da sie die Ostervakanz in Zukunft doch lieber ihrer neuen Liebe statt den Söhnen weihen möchte!

Rehlein wurde gleich sehr persönlich, indem sie jene Geschichte aus ihrem Leben erzählte, wie eine fremde Frau namens Ursula glaubte, von *ihrem* (Rehleins) Mann schwanger zu sein!
Empörungssmilie

Ich schaute auf die beiden leicht verblühten, mit allerlei Tinkturen jedoch nachgebesserten und demzufolge noch noch immer teeniehaft wirkenden jungen Frauen mit den hennarotgetönten Haaren drauf. Die Monika trug drei weiße Ohrringe pro Ohr, und die Thekla die feiner und genügsamer veranlagt ist, je nur einen.

Rehlein erzählte ganz viel: Z.B., wie der junge Ming früher als Dreikäsehoch alles zum Klo hinabgespült habe, und die Thekla wiederum wußte zu berichten, wie ihr kleines Söhnchen einmal versucht hat, Mamas Bratenrock ins Klo hinabzuspülen. Das Klosett lief über und das Wasser im Bad stieg knöchelhoch, begann in den Flur hinaus zu fließen und die Treppen hinabzuschwappen, und das kleine Söhnchen rief dennoch: „Du brauchst nicht heraufzukommen!"

Wir genossen es, die beiden Plaudertaschen zu Besuch zu haben, und waren traurig als sie wieder gingen.

Am Nachmittag schauten wir einen Fall von Richter Ulrich Volk:

Eine Kopftuchträgerin klagte gegen die Kündigung, und dem Richter ging es wie mir: Ihm war es unbegreiflich, daß jemand auf Maloche ein Kopftuch tragen muß! Zum Schluß wies er die Klage schroff ab und ich, wo ich doch sonst nie etwas Politisches sage, sagte mehrfach und mit Nachdruck: „Bravo!"

Da weinte die arme Frau, die sich in ihrem Glauben so unverstanden fühlte bitterlich, so daß mir mein eigenes so erfreut vorgetragenes „Bravo", im nachhinein vor mir selber peinlich wurde.

Wie gerne hätte ich diesen hässlichen Ausruf eingerollt und ungeschehen gemacht.

Doch der Richterspruch war gefallen, verklungen und nicht mehr rückgängig zu machen.

Personenverzeichnis:

Andreas, Herr & Frau, befreundete Eheleute in Grebenstein (*1920 /1926)

Brinkmann, Professor, Klaus-Jürgen Wussow (*1929) großer Schauspieler, der aus seiner Rolle des Prof Brinkmann nie wieder herausfand, so daß er hier unter „Prof. Brinkmann" gelistet ist.

Buz, (*1938) unser Vater

Christoph, lieber Freund in Aurich, Cellist, Komponist, Lehrer und Dirigent (*1965)

Dimitri, Klarinettist (*1969)

Friedel, Lieblingsvetter in Bonn (*1962)

Gina, (*1976) Cellistin im „Jadequartett", das von Buzen domptiert wird

Großmann, Herr, Gitarrist in Fischerhude (*1953)

Günther, (*1937) alter Freund Buzens

Hartmut, (*1945) Onkel väterlicherseits in Münster

Han-Lin, (*1974) Studentin Buzens aus Taiwan

Hedwig, (*1936) Schwiegerschülerin Buzens. Ehefrau von seinem Freund und Schüler Günther

Heike, Herr, (*1933) vielseitiger Herr, Professor, Komponist, Geigenbauer…

Herberger, Rolf, (*1908) ehemaliger Kollege Buzens im Orchester in Baden-Baden. Komponist

Hilde, (*1964) Exe Buzens

Ina, (um 1982) bezauberndes junges Fräulein im Hause gegenüber

Judith, (*1998) kleines Töchterlein von Herrn Großmann, dem Gitarristen

Julia (Julchen), (*1983) Mings neue Liebe

Kettler, Frau, (*1947) Telefonfreundin aus Basel

Kläuschen, (*1934) liebster – wenn auch angeheirateter - Onke

Kohlmeyers, Mutter & Tochter. Bekannte von Opa und Mobbl aus Wiener Neustadt

Meyer, Frau, (*1935) Zugehfrau in Aurich

Ming, (*1964) mein Bruder
Mobbl, Omi, (1910 - 1999) Omi mütterlicherseits
Münch, Frau, (*1943) meine Sekretärin
Priwitz, Alma und Bärbel, (*1911/1938) Mutter & Tochter im Haus nebenan in Aurich
Rautenberg, Frau, (*1920) Nachbarin in Aurich
Rehlein, (*1939) unsere Mutter
Reichmanns, (*1928/1931) altes Ehepaar, das ich in Trossingen beim Spaziergang am See kennengelernt habe
Reimich, Frau, (*1958) Reinmachefee in Grebenstein
Saathoff, Frau, (*1934) einsame alte Dame in Aurich
Schinke, Frau, (*1934) meine Bratschenschülerin
Sching-hua, (*1967) Schwiegerschülerin Buzens – Frau von seinem Meisterschüler Franz
Tone, (*1962) lieber Freund in Leer/Ostfriesland
Uta (Utelchen), (*1936) Tante mütterlicherseits
Wembo, (*1980) Bratschenschüler Buzens
Wyss, Frau, (*1940) Omis Helferin in Grebenstein
Yossi, (*1947) Spezi Buzens. Bratscher und Genie

Und weiter geht´s im nächsten Band:
Erscheint am 17. Januar 2022 ….